柴扉先生
遊記。
散文集。

萬里遊蹤

柴扉 著

序一　行雲流水筆生花

欣聞柴世彝老師即將推出第十三本大作《萬里遊蹤》散文集，內心由衷祝賀，更感到無比敬佩。

五年前，南投縣鹿谷鄉親鑒於再創地方文風的重要性，結合鄉里、縣內教育及文藝界先進，活化了前清同治年間鄉先賢創立的「彬彬社」，推展地方教育、文化藝術工作。

「彬彬社」是當年鹿谷地區漢文老師的結社，旨在教授鄉村子弟漢文、四書五經及做人做事的道理；也是漢文老師切磋藝文、詩詞的所在。彬彬社的成立，帶動了內山鹿谷鼎盛文風，培育諸多優秀人才。

在「彬彬社」舉辦的文化講座、藝文活動中，我與久仰的柴老師結緣；並與我臺灣大學老師黃金茂教授前去柴府拜訪，且同行探訪欣賞、彬彬大道的沿途勝景、名人、古蹟，並榮獲贈其大作，受益良多，印象深刻。個人及黃金茂老師均生長鹿谷；雖旅居臺北，但心念故鄉，童年的故鄉情景，永難忘懷。

柴老師出生湖北省蘄春縣，早歲投身軍旅報國。二十二歲即民國三十八年（一九四九）隨國軍部隊來臺，畢業於陸軍官校正期，後來因病住院六年，癒後退伍，任教於國小六年，鹿谷國中二十七年，桃李滿天下。他生活嚴謹、規律，自稱是個古板、嚴肅的人。自民國五十七年（一九六八）轉任鹿谷國中，教誨子弟二十七年之久。酷愛文學、大自然的他，在山川秀麗、鳳蘆飛烟的孕育下，教學相長，文學功力倍增。筆耕勤讀不懈，柴老師有如此豐碩的文學成果，良有以也。

本書作者隱逸鹿谷山林，讀書、寫作不斷，數十年如一日。他退而不休，每年均出國旅遊，歐、美、亞各地名勝古蹟及大陸風光，所見所聞，均是他寫作的好素材。杜甫說：「讀書破萬卷，下筆如有神。」蘇東坡說過寫作要領：「如行雲流水、初無定質，但常行於所當行、常止於所不可不止，文理自然、姿態橫生……」中國古代文人如前述蘇東坡、李白、徐霞客等均是遊覽國內的山川壯麗，領悟天地人文的代表性人物。生於現代文明社會的柴老師飛機一坐，豈只十萬八千里！飽覽的不單是中國山川名勝，還有變化萬千、古文明的世界風光。

活到老、讀到老、寫到老、學到老，這是柴老師最令人敬佩的地方。八十二歲學電腦，文書處理和上臉書，都難不倒他。

本書命名《萬里遊蹤》，足顯作者隱逸、豁達的胸懷，八十八歲高齡依然精神抖擻，目光炯炯有神，頭上的白髮更是他豐富人生閱歷及充滿人生智慧的象徵。

本書的內容豐碩，極富生活文學性、哲學性，遊歷記述、旅遊蹤影。拜讀本書，即可體會到他行雲流水的筆觸，更可看到他勤讀、勤寫不平凡的人生。其用百字寫一生，離家時內心痛苦的掙扎，令人感動與同情。這位謙虛的老作家說：「我志未酬人亦苦，筆端多處見啼痕。」算是人生不留白而已。拜讀本書文稿，我心有戚戚焉。

長榮大學首任校長暨名譽校長　林邦充

二〇一五年七月十六日

序二　虛心、熱心、細心的妙手作家

《萬里遊蹤》是柴扉老師的第十三本大作。八十八歲高齡的他，身體硬朗，神采奕奕。新作的推出正是他「學到老、寫到老」貢獻心力與智慧，數十年如一日的最好見證！

散文作家深感人生有限，而學問無窮。「書有未曾經我讀，自慚腹笥甚窘，下筆難成文章。」這也是他八十二歲學電腦、上臉書、玩手機的動力。他說：「凡塵未了，仍不願離開這間斗室天堂，到另一個天堂去。」他引述前英國首相邱吉爾的名言──「酒店關門我就走。」彰顯他豁達、積極的人生觀。斗室天堂裡，他讀書、寫作、深思……非常快樂。

鹿谷鳳凰山的雲煙，氣象萬千。「鳳麓飛煙」勝景，自古以來，聞名於世，文人墨客歌詠不絕。

前清秀才黃廷幹說：「鹿谷山明水秀，蔚然奧區，風茂俗淳，夙稱仁里，間氣所鐘，地靈有數。……」古典詩人張達修歌詠：「故鄉儘有佳山水」、「吾鄉有此好溪山。」詩中有畫，畫中有詩。鹿谷是詩畫的故鄉，孕育了鼎盛的文風，培育了諸多英才。自舉人林鳳池、秀才黃廷幹、詩家張達修以降；後起者：有文學家康世統、現代詩人向陽，及散文家柴扉，……前後輝映增光，是鹿谷的重要文化資產。

詩聖杜甫說：「讀書破萬卷，下筆如有神。」老師退而不休，十幾年來，遊踪遍及世界各地。讀破萬卷書，行豈止萬里。所見所聞，都是他寫作的好素材。他用妙手及神來之筆揮灑自如，若行雲流水，寫出字字成佳句，篇篇好文章，筆鋒是磨鍊出來的。

生於憂患、變亂的時代，柴老師的人生際遇、波折，非一般人所能承受。他自比是爛泥中的小蝦米、宇宙太空中的一粒微塵。來臺的湖北同鄉、在家鄉的同學多已老去。「少小離家老大回」、「訪舊多為鬼」，令他感傷尤深。他說，老來的歲數都是賺來的。

他剖述自己是個「古板、認真」；且「嚴肅、規律」的人。退稿時不責怪任何人，而不時檢討、改正自己。他教學、寫作用心、熱心，桃李滿天下。他積極參加藝文活動，經常趕赴臺北參加文化部、藝文界活動。他處事認真、細心、周到。即使字句推敲、剪報、貼相簿，及草稿、謄正稿、刊出稿等的整理、分類、日期標示等都不含糊。這不是龜毛，而是他成就文學事業的主要原因。

書中四十多篇文章，都是報刊登載過的絕好作品，充滿人生智慧，讀來深情感人；彷如行雲流水，身心舒暢，而受益良多。

前輩作家謝冰瑩教授於民國六十三年（一九七四）在柴老師第一本大作《寸草春暉》序文中稱讚說：「文章內容，等於一個人的內在美。柴先生的文章，每篇都是健康的作品。讀來親切感人，有如和老友品茗暢談的感覺。」

民歌《古月照今塵》詞中「悠悠滄桑史，文章寫不盡……」柴兄這本大著書名《萬里遊蹤》，他說：「這一步好像是『白雲無盡時』，我可以將時間『停格』，也許是八年、十年，甚至更久也說不定。……」

作者年登耄耋，頭上的白髮，便是智慧的結晶。相信他將寫出更多、更好的作品，來與大家分享，吾人拭目以待之。

正中書局前副總經理兼總編輯　汪鑑雄

二〇一五年七月十日

目錄

海外遊蹤

緒言　上天堂，差一步

天堂在哪裡？

天堂在哪裡？

蝴蝶說：「天堂在花叢裡。」

天堂在哪裡？

蚯蚓說：「天堂在泥土裡。」

天堂在哪裡？

小鳥說：「天堂在森林裡。」

每個人類和萬物，都有各自的天堂；其中只有人類的天堂是最美好的；也只有去過的人，才知道天堂之可愛。凡人皆有死，惟有做好事、行正道的人，死後才能上天堂。據側方面得到的消息，天堂裡四季如春，天花亂墜，香霧迷濛，祥雲掩擁，美麗的「香格里拉」也比不上，「桃花源」更不必談。居家自由自在，生活一切免費，睡覺可以賴牀，不必被人管理。有這麼美好的地方，所以每個人都非常嚮往，希望將來能上天堂；誰願意被打入十八層地獄，上刀山、下油鍋，被蛇蟲叮咬，還要再死一次。那是做壞事的人，應得的報應。

俗話說：「上有天堂，下有蘇杭。」如果您沒有去過天上的天堂；那麼，人間的天堂，應該有機會一遊。蘇州、杭州是多麼美好的世界，從古人的詩文裡，可以得到印證。

「暮春三月，江南草長，雜花生樹，群鶯亂飛。……」丘遲把江南描寫得簡直是花花世界，名家畫景，人在此時此地，也會情不自禁地飛躍起來。

詩人甚至說：「青山隱隱水迢迢，秋盡江南草未凋。」青山綠水，如詩如畫，江南終年是一片翠綠的世界，使人流連，使人陶醉。

柳永的〈望海潮〉：「東南形勝，江吳都會，錢塘自古繁華。烟柳畫橋，風簾翠幕，參差十萬人家。……重湖迭巘清嘉，有三千桂子，十里荷花。……」據說，由於上述詞中的後兩句，引起北方的金主完顏亮，欣然興起投鞭渡江之志。

白居易的〈憶江南〉三則，更是把江南的美好，尤其是蘇、杭二州，寫得淋漓盡致。「江南好，風景舊曾諳，日出江花紅勝火，春來江水綠如藍，能不憶江南？」尤其他最憶念杭州：「山寺月中尋桂子，郡亭枕上看潮頭。」前者是悠悠自適的心境，後者則不能不引起雄偉壯麗的懷抱；而這就足以纏人記憶，使人衷心難忘了。

並不是只有蘇、杭二州，才是人間的天堂，世間的美景多的是，苦樂全在自心。正如某位法師所云：「人人都說靈山好，靈山便在汝心頭。」只要你抱著一種隨遇而安的胸懷，清心寡欲的心境，捨己愛人的度量，和樂觀入世的情操，則無入而不自得，處處都是天堂。

至於我個人的天堂，便是這間朝夕相守的書房。我常以為人生有限，而學問無窮，書有未曾經我讀，自愧腹笥甚窘，下筆難成文章。所以搬來此地以後，二十多年來朝斯夕斯，都在這間室內琢磨，讀得一本好書，得到許多心得，寫得幾篇歪文，常沾沾自喜；至於能出版十三本著作，這是從前未曾想到的事。尤以年至暮境，深感過去蹉跎歲月，虛度人生，這是近年來的感悟。所以只要趕得上時代的，如打電腦、上臉書、玩手機，我都要學習試用。因為行年八十有八，上天堂差一步；惟凡塵未了，仍不願意離開這間斗室天堂，到另一個天堂去。

本文「上天堂，差一步」宜分兩方面言之：

上天堂時間「停格」

從時間方面說：古人曾謂「人生七十古來稀」，過去一些大文豪、大詩人大都只活到六十開外，而杜甫只活到五十九歲。我這後生小子，和上述古人相比，猶如爛泥漿裡一粒小蝦米，經歷人生許多磨難，同我一起逃離家鄉的三人，在家鄉同一條大街逃來臺灣的三人，再碰巧在家鄉同一個村里來臺灣遇到的也都是三人；其中除我以外的六人，或在旅途中，或同來臺灣的，均已先後離開人世。其他來臺的小同鄉，或已先走一步，或仍臥病在床，剩下的同學、朋友，也漸漸不多了。至於在大陸家鄉和我同一年齡層次的，在我先後兩次返鄉探親期間，前者「訪舊半為鬼」，後者。只剩寥寥可數的幾位，而我現在居然還活得好好的。和他們相比壽歲，所以我常說：「上天堂，差一步。」老來的歲數，都是賺來的。

有人說：家中沒有住院的，沒有坐牢的，才是幸福的家庭。所幸這兩者我都沒有，而使我最不幸的，便是愛妻因癌早逝；兩個孩子均在外面發展，也都各有家庭子女，只剩我這個獨居老人在家，需央人照顧。

現在臺灣人口老化，生育人口減少，無論老年、中年最怕生病，大家都談癌色變；

惟有我百個不怕。我常說：「上天堂都不怕，我有什麼好怕的？」我常服膺西洋某位哲人的豪語：「上帝明天要恩召我，今天下午還要整理好我的花園。」活到老，做到老，還要學到老。我總感自己的時間不夠用，想做的事情太多。所以我把本文主旨「上天堂，差一步」，在時間上「停格」起來，這一步要等八年、十年，甚至更久一點也說不定，人生全操在自己。每天生活在自己的天堂裡，讀書、寫作和休閒，生活蠻自適的。除非人的生理極限已到，只好借用已故英國首相邱吉爾的話說：「酒店關門我就走」。

過天堂一步之遙

若從距離（高低）方面言之，則非一般人所可企及。李白在四川行走，感嘆「蜀道難，難於上青天」。在地面上走路，足下有土地可資憑藉，尚且如此之難；但他有一次在酒酣耳熱之餘，卻誇道：「俱懷逸興壯思飛，欲上青天攬明月。」既而又說：「人攀明月不可得，月隨人影共徘徊。」但他還是登上天堂去了，而且在天堂住了一宿。讀他的〈題峰頂寺〉：「夜宿峰頂寺，舉手捫星辰；不敢高聲語，恐驚天上人。」可是天上星星間的距離，動輒以光年計，而李白卻舉手輕易地摸到星辰，可見其道行之高了。

「莊生曉夢迷蝴蝶」，從前莊周清晨做了一個美夢，夢見他自己變成了蝴蝶，真的飄飄然像隻蝴蝶高興地飛舞起來了，到處採花尋伴，不知道還有個自己，他的人生過得非常適意。

古語云：「青雲有路志為梯」，上天固然無道路可通；但只要自己立定志向，努力以赴，自然可以達到目的。

前不久，讀到一位作家的文章，說她忽然身上長了兩個翅膀，可以任意飛到世界各地遊覽，隨意飛行或停止，自己卻不知道，為何自己可以飛翔，滿足了她環遊世界的願望。第二天求之卻不可得，大概她也是像莊周做了一個美夢一樣。

也是不久前，我讀了一本記述外星人的書籍，我竟然被外星人帶走了。也像他一樣穿著滿身紅衣，放著強光紅彩，隨他一同飛上太空去了；但瞬間他卻不見，丟下我一個人在太空觀望。我不知道自己為何卻有如此的膽量，一個人站在太空裡，並不害怕呼救，忽然身輕似燕，憑著身上兩個翅膀，便可以任意行動。

我想看看地球上所望見的紫薇星垣在哪邊？大熊星座在哪裡？北極星在哪個方向？還有牛郎、織女二星在哪裡？但只見滿天星斗，繁星閃爍，在我眼中就像地面上的螢火蟲一樣，哪裡能分辨「她」們？李白只能「舉手捫星辰」，我卻可以從這個星球，跳上另一個星球，造訪各個星系和星群；宇宙之大，太空之廣，我便先行大致遨遊一番。

最後之目的，便是要找到人間所謂的天堂，到底是如何之美？好在太空上也有路標，我只需幾個翻身，就飛到天堂的邊緣。只見門前紮著花彩，金碧輝煌，兩位金童玉女在此把門。門內也鋪著（welcome）的紅地毯，歡迎來此報到。我站在天堂門外，尚有一步之遙。眼前天堂的美景觀賞不盡，心裡不想進入。我也把時間「停格」起來，站在天堂門外，細賞天堂內的美景，只見天堂內長的都是瓊花玉樹，流的水像是玉液瓊漿，遍地是金片，風吹得沙沙作響。天堂如此富裕，難怪生活一切免費。莊子所變的蝴蝶，竟然也飛到天堂來了，身體變大幾號，像是雁鴨一般，在花叢間傳播花粉。蚯蚓也爬上天堂，在泥土裡翻滾，體積也變大了，像是鰻魚一樣大。莊子〈逍遙遊〉裡，那隻大鵬本來就很壯大，水擊三千里，摶扶搖而上者九萬里，牠原來是要到南海去的；卻扶搖直上而抵達天堂。只見那兩隻翅膀，便占據了天堂南山上一片叢林，頭伸出到樹頂上，好像是一棵擎天大柱。人間天堂所有的秀色，它都兼而有之，仙色天香，薰人欲醉。園中掛著一隻大喇叭，經常播放著「天不荒呀地不移，我總有一天等到你！」

訪問外太空

我想，「等到我」還早哩。我又轉身飛到外太空去，這時好像是天明，我可以清楚地看到各個星球了。我忽然又想到李白，他曾為朝廷醉草嚇蠻書，贏得時人的敬重。皇帝召他入宮賦詩，他當時喝得爛醉如泥，要皇帝龍巾親自為他拭唾；楊貴妃為他磨墨捧硯；高力士為他解帶脫靴。為著扶他入朝，天子堂前尚可走馬，何寵幸如此之尊貴也！

但他一入天堂，便馬上膽小了：「不敢高聲語，恐驚天上人。」我此時則仰天長嘯，大聲喊道：「我是地球人，特來訪問外太空的。」可能是我的聲音太大，震驚了他們，所有星球的外星人都摀住耳朵，閉門不敢出來。經過我輕聲、柔聲地呼喚，並播放鄧麗君唱的《甜蜜蜜》給他們聽；奇怪！外星人也很喜歡聽鄧麗君的歌，每個星球的外星人，都開門歡迎我的造訪。

要我挨星球、挨家挨戶地訪問，他們可要排著隊哩，需要若干個光年，是否訪問得完，尚不可知。我只得挑選幾個較大的星球，訪問他們的首府，和若干個較大的部落，盡量和他們「行銷」地球。正在比手畫腳地談得起勁時，忽然間被電話鈴聲吵醒了。我揉揉惺忪的睡眼，好在「草堂春睡足」，接完電話後，連忙穿衣起床，跑到三樓的書房，看到案頭那篇〈上天堂，差一步〉的草稿，尾段尚未完成；我連忙將黑甜鄉的所見所聞，儘速記下補入，完成這篇文章。

——原載二〇一三年九月號《文訊雜誌》「銀光副刊」第三三五期

神州萬里

西元一九八五年新建落成之黃鶴樓

重遊黃鶴樓

凡是去過武漢旅遊的人，想必去過黃鶴樓，黃鶴樓是古蹟、是名勝，更是個富於文學氣氛和神話傳說的地方。

黃鶴樓以風景優美與崔顥題詩而聞名，而崔顥更以名樓的屢建而名傳後代。且看他的題詩吧。

「昔人已乘黃鶴去，此地空餘黃鶴樓。黃鶴一去不復返，白雲千載空悠悠。晴川歷歷漢陽樹，芳草萋萋鸚鵡洲。日暮鄉關何處是？煙波江上使人愁。」

到底昔人誰乘黃鶴去？黃鶴樓因何而得名？有下列幾種傳說：

一、《南齊書・州郡志下》載：「山人子安乘黃鶴過此，故名。」子安何姓，並未明書。因古代傳說中有仙人名王子喬，乘黃鶴仙去，子安遂被逕稱姓王。鄭樵《通志》首稱王子安，明清方志均循其說。

二、宋《太平寰宇記・江南西道・鄂州》載：「昔費文褘（筆者按：褘字左從衣，其餘同）登仙，每乘黃鶴於此樓憩駕，故名。」

三、唐代宗永泰元年（七六五）閻伯理作《黃鶴樓記》首段謂：「州城西南隅有黃鶴樓者，《圖經》云：費禕（筆者按：禕字左從示，其餘同）登仙，嘗駕黃鶴返憩於此，遂以名樓。事列神仙之傳，跡存述異之志。……」這篇文字，現在以隸書雕刻，展貼在新建之黃鶴樓三樓大廳上，供遊客們參閱。據說為大陸所見最早寫樓記之篇章，筆者曾當場拍照，以存其真。

四、傳說有辛氏者，在原黃鵠山上賣酒，一道士常來飲之，辛氏不收酒資。道士走時，以橘皮在壁上畫一黃鶴，曰：「酒客至拍手，鶴即下壁飛舞。」辛氏遂生意興隆，因此致富。越十年，道士來，取笛鳴奏，黃鶴下壁，道士跨鶴直飛雲天，辛氏建此樓以為紀念。此道士為誰？傳說是三國時好道成仙的費褘，又說是八仙中之呂洞賓，難以查考證實。

因此，到底誰乘黃鶴而去，說來都是神話。所以崔顥的題詩中，首句即謂「昔人已乘黃鶴去」，一語概括。

再說，費禕如何成仙？《神仙傳》、《述異志》筆者一時難以找到書查考，總之都是傳說。倒是查《三國志・蜀書・費禕傳》謂：費禕，三國時蜀漢江夏鄳（音蒙）人，字文偉，與董允齊名。後主時為黃門侍郎，代蔣琬為尚書令，復領益州刺史，當國功名，略與琬比。

諸葛亮〈前出師表〉謂：「侍中、侍郎郭攸之、費禕、董允等，此皆良實，志慮忠純，是以先帝簡拔以遺陛下。……」文中對費禕極為推重。

〈費禕傳〉後段復謂：後主延熙十五年，命禕開府漢壽。十六年歲首大會，因歡飲沉醉，被魏降人郭循手刃所害，謚曰敬侯，未說其有修道成仙之事。而後世在武昌還附會出若干費禕洞，說是他修鍊升仙之所，頗為荒誕離奇。

又費文禕與費褘的名字，兩者究竟誰是從示之「禕」，誰是從衣之「褘」，或兩人用字皆同，古今來混淆不清。往往一篇文章內，同一人前作禕（從示），後又作褘（從衣），各字辭典用字亦各有不同，使人莫衷一是。考其原因：或出諸手民誤植，或係抄寫錯誤，或係混淆互用，或係造字先後。因《說文》只有從衣之褘，無從示之禕，禕是後出字（從示）前人已經混用，後代的字辭典或書文，當然跟著分辨不清，即或較具權威性辭典亦復如是。

筆者經輾轉查考各種字辭典，從示之禕與從衣之褘均讀「依」，也均做「美好」解；但褘又讀揮，另有解釋。費文禕之名，如作「文采華美」解釋，禕、褘均可通用；唯人名必須統一。姓費的多出神仙，辭典有費禕、費長房，但查不出費文禕，不知費氏宗譜上能否找到？然一般書籍上，大都從衣作費文褘，茲從眾說。

至費禕之「禕」，經查《三國志．蜀書．費禕傳》，其正文共二十七處，注解共十三處，均係從示之禕，無從衣者。可見費禕之名當作「禕」（從示），各大字辭典應該循此統一更正為是。

現在新建之黃鶴樓公園，有「崔顥題詩圖」一景，草書浮雕，頗富文學氣息。相傳李白來此，見崔詩而擱筆，歎道：「眼前有景道不得，崔顥題詩在上頭。」而在「崔詩圖」附近，另有李白「擱筆亭」，供遊人觀賞玩味。

不過園內尚有古碑廊、詩碑廊等景觀，李白之名作，如〈送孟浩然之廣陵〉及〈題北榭碑〉均為後人所傳誦吟詠。而後者之「黃鶴樓中吹玉笛，江城五月落梅花」，常為遊客作為黃鶴樓聯語之引用。筆者最欣賞之一聯云：

「何時黃鶴歸來，且共飲金樽，繞洲渚千年芳草；
但見白雲飛去，更誰吹玉笛，落江城五月梅花。」

黃鶴樓始建於三國孫吳黃武二年（二二三），迄今已有一千七百餘年的歷史。地址在原湖北省武昌縣西南黃鵠磯上，瀕臨長江。當年孫吳建築時，原為軍事瞭望之用，至唐代宗年間，因鄂州刺州祖庸及都團練使穆寧等治鄂時，「或逶迤退公，或登車送遠，遊必於是，宴必於是。……」（見唐閻伯理《黃鶴樓記》）漸演變為觀賞之樓，居江南三大名樓之首，素有「天下絕景」和「天下江山第一樓」之美譽。歷代文人騷客登樓吟詩作賦，謳歌黃鶴樓的壯麗景觀，留傳至今的詩詞逾千首，文賦過百篇，新舊楹聯一千四百多幅，並有多於珠璣的神話傳說，成為中華民族文學寶庫中的一顆明珠。

當時崔顥在此題詩，雖不見神話中之仙鶴，尚有黃鶴樓可以空餘。據說宋、元兩代，古黃鶴樓已不存，築在黃鵠山者乃是南樓，現在黃鶴樓公園內，仍保存有仿造的南樓一景。到了明朝，曾四次修建，兩次葺理，原樓前毀於嘉慶年間，重建後，又被張獻忠所毀。清代屢建屢毀，同治年間，重復舊觀，樓高十八丈，甚為壯麗。至清光緒十年（一八八四），又毀於一場大火之中；自此，黃鶴樓名存實亡，將近百年。此最後一次之大火，原樓全被焚燬，僅剩下寶銅頂一座，現存放在新建之黃鶴樓後面，列為一景，旁有碑文說明。

清光緒年間，張之洞治鄂時，在原址建了大樓一座，飛簷畫棟，高達三層，名為奧略樓。民國時雖就原址重建一西式磚樓，那都不能算是黃鶴樓的重建，一般遊客都把奧略樓，當做黃鶴樓的化身。

筆者於一九四九年二月，在武昌遊歷該樓時，那時所謂的黃鶴樓，僅存原址，仍在武昌城西臨江的黃鵠磯上。恐怕當時的黃鵠磯，因歷經江面南移，早已縮近蛇山。當時蛇山此一地帶，稱為首義公園。我們仍然把「奧略樓」當做黃鶴樓來參仰。因時逢戰亂，遊子情懷，觀賞不甚深刻；然「奧略樓」三字及「大漢陳友諒之墓」墓碑文字，仍然記憶深刻。

黃鶴既被仙人騎走了，已杳不可復；然遊客及地方人士仍盼望黃鶴歸來，見於詩詞聯句中不少。中共於一九五五年興建長江大橋時，已將原黃鵠磯夷平，很多古蹟亦隨之泯滅無存。後應大眾要求，開始重建黃鶴樓。此一新樓，乃以清代圖樣為藍本，而又有所創建，樓高五層（五十一・四公尺），黃瓦紅柱，層層飛簷，雄偉壯麗。樓頂層四面檐角，分別鑲嵌了四塊黑底鎦金匾額；西為「黃鶴樓」，東為「楚天極目」，南為「南雄高拱」，北為「北斗平臨」，正是登樓攬勝所見之景象的藝術概括。

一樓正廳有「白雲黃鶴圖」，定點供遊客拍照留念。兩旁大柱上，書有原黃鵠磯上名聯：

「爽氣西來，雲霧掃開天地憾；大江東去，波濤洗淨古今愁。」

各樓大廳正面，均鑲嵌有以黃鶴樓的神話傳說、歷史故事和楚天風光的大幅壁畫。而在層層的紅柱上，則是古今文人墨客所撰寫有關黃鶴樓的詩詞歌賦、楹聯書法，甚富文學與藝術氣氛，而又兼旅遊與觀賞之勝。當時曾抄下五樓大廳上之聯語為：

「一樓萃三楚精神，雲鶴俱空橫笛在；二水匯百川支派，古今無盡大江流。」

五樓大廳西面聯語為：

「對江樓閣參天立；全楚山河縮地來。」

除樓內有「白雲黃鶴圖」和「木刻黃鶴」外，樓外景點中，復有大幅展掛之紅花崗岩「歸鶴」浮雕，象徵群鶴飛舞，共赴歸巢圖樣；各旅遊圖說，也多以歸鶴棲息為封面；而新建之大樓前，更有兩隻「銅雕黃鶴」，棲息在龜背之上，象徵「黃鶴歸來」，也祝福遊客們像龜鶴之長壽。而在落成開放之日，民間遊藝及慶賀隊伍，從圖片中顯示，自對岸之長江大橋起，一直迤邐延伸至黃鶴樓園內，可謂盛況空前。

黃鶴既去，白雲悠悠，為了不使白雲空自飄浮，公園籌畫者，在蛇山山脊上，構建有一座白雲閣，與黃鶴樓前後輝映，高超矗立，遠望儼似一座鎮山法物。登樓四望，楚天極目，大江東去，浪下三吳，心胸為之廣闊。惟去國多年的遊子，仰視上空，眼見「浮雲終日行，遊子久不至」，緬懷當年倚門倚閭之慈母，思子情懷，不勝傷感。

「晴川歷歷漢陽樹」；再看對江的情景，以當時詩人敏慧的眼光，站在黃鶴樓上；如果在晴朗天氣，江水清明，映照著漢陽的樹木，漢水悠悠南下，長江滾滾東流，清濁分明，多麼富有詩意。就因為崔顥這句名詩，後人在龜山下面禹功磯上，建有一座晴川閣；雖然幾經興廢，現又在原址上重建。如乘船沿江上下，晴川閣的風貌，清晰可見。其風景之優美，早有「三楚勝景」的盛名；而旁邊更有一座矗立的「晴川飯店」，已成為武漢三座高大建築物之一，成為漢陽的標幟，與黃鶴樓、龜山電視塔，互相媲美。

「芳草萋萋鸚鵡洲」：鸚鵡洲在何處？一般唐詩注解有謂在今湖北省漢陽縣西南

長江中；有謂在湖北省武昌縣西南大江中。經查考：古時的鸚鵡洲靠近武昌江邊，因東漢末年文士禰（姓氏讀為迷）衡在此作〈鸚鵡賦〉而得名。據《湖北通志》及《輿地記勝》等書記載：州的南端在鲇魚口，北端在黃鵠磯前。在唐、宋時期，鸚鵡洲繁華熱鬧，盛極一時，和黃鶴樓一樣是文人墨客必遊之地。該洲據說長約五華里，寬約四百公尺。後來由於長江河勢改變，江心主流由漢陽岸邊，偏向武昌岸邊，鸚鵡洲被江水沖刷，日漸縮小；到了明代末期，洲面竟被江水沖沒。後來又逐漸淤積出水，與漢陽城南陸地相連，漢陽此一地段，至今仍保留有「鸚鵡洲」之名。到了清康熙末、雍正初年，鸚鵡洲又漸沒江下，現在已無蹤跡可尋了。

崔顥，唐汴洲人，曾中過進士，少年為詩，意多浮艷，晚年忽變常體，風骨凜然。此詩純以意運，不事雕琢，流利自然，成為千古絕唱。

因為文學是苦悶的，詩人是寂莫的，由於眼前好景，而引發思鄉的情懷，對著江上的煙波，不免勾起淡淡的鄉愁。

筆者於一九四九年二月，初次遊黃鶴樓時，正值少壯之年，雖然男兒志在四方；但初次離鄉，對著浩渺蒼茫的長江，也不免有煙波江上的離愁。來臺後，離鄉四十四年，此次返鄉探親，曾兩度登臨該地，感觸自是不同。由於筆拙才窮，也難免有「眼

從黃鶴樓眺望長江大橋及對江龜山電視塔情景。

前有景道不得」的感歎。

中共於長江大橋完成後，據說在南岸引橋下，尚存有刻著「黃鶴樓故址」的石碑。奧略樓當然不見，許多古蹟除極少數搬離外，其餘均已泯滅。例如：湧月臺、禹碑亭、黃克強銅像、抱膝亭，及蛇山上之泡冰堂，均已不見。岳飛亭已遷至新建公園內蛇山上蛇尾部分，另立有岳飛銅像，成為公園內最後二景。聖象寶塔，俗稱白塔（武漢人稱為孔明燈）現已移至西大門牌坊前，進門後，一見就是。

我曾在入夜時分，遊覽長江大橋南岸引橋，尋覓陳友諒墓碑，果然仍在西岸下找到。雖在黑夜暗地，仍然可用鎂光燈拍照，洗出「大漢陳友諒之墓」清晰照片。前面的黃克強銅像，只剩下荒禿的墩基，因正前方是電影院，據說已被其後代移置在漢陽龜山下了。

新建的黃鶴樓公園，於西元一九八五年六月十日落成開放，占地十六・六萬平方公尺。已從原址黃鵠磯向蛇山後移約一公里多，正建在蛇山蛇頸部分，而原黃鵠磯已被夷平成為長江大橋南岸之引橋，鸚鵡洲已沒入江中。因此，此三處古蹟，希望注解唐詩的學者及各大辭典的編者，在將來修訂時除敘明其古代史實及位置外，須再補述其變遷經過，重新予以定位，再不能以數十年前的老注解來搪塞了。

現在黃鶴樓公園，包括整個蛇山地區及兩旁山麓（蛇山，古稱黃鵠山或黃鶴山），共分三十五個景點。在歷代修建時，景點均有增添或減少，現在不足部分，據說有的將隨後補充。由西大門購票進入，即從引橋下直上，進門首見「白塔」，後為「三楚一樓」牌坊，經南軒、北軒、南亭、北亭，觀賞「黃鶴歸來」銅雕後，便直登黃鶴樓；再向蛇山後走，經「寶銅頂」、百松園，至白雲閣小憩；再經梅園、過石牌坊，經岳飛亭，而謁岳飛銅像，一路尋幽探勝，足可怡情悅性，令人流連忘返。

返時可從白雲閣南下，欣賞園內南區景觀文物，較具文學與藝術部分，環境亦較幽靜。最好從南大門購票進入，首見有「黃鶴樓公園」匾額，入內先在鵝池憩息，只見池水清幽，柳絲垂掛，迴廊曲折，荷葉田田，無論從圖片或實地觀賞，都可以引人入勝。再去瀏覽詩碑廊、古碑廊、鵝碑亭等處，讀讀古人詩句，觀賞前人書法，可滌濾塵俗，沾染文學氣氛。再上去參觀古蹟「南樓」、文苑、擱筆亭，而「崔顥題詩圖」與歸鶴浮雕。

在觀賞紫竹苑與跨鶴亭後，再登臨黃鶴樓，復瀏覽蛇山前後各景點。北麓仍有可供遊憩之地，遊客在此可盤桓終日，而遊興仍濃。歸去後，美景仍留腦際，還想再度登臨。

——原載一九九三年七月十日《湖北文獻》第一0八期

白帝城

千里江陵一日還

從前，讀李白的〈早發白帝城〉：「朝辭白帝彩雲間，千里江陵一日還；兩岸猿聲啼不住，輕舟已過萬重山。」對他當年下江陵時，順水東流，行舟之快速順暢，心情的欣喜激動，至為嚮往。白帝城是歷史名城，江陵是楚國的古都，三峽的猿聲淒厲，早在古籍及古詩中有所領略；只是在叢山夾岸、重巖疊嶂的江心中行船，尚未體驗過。

去年（一九九二）七月間，乘返鄉探親之便，先有長江三峽之旅。去程宿江陵時，便想到李白這首節奏明快的絕句，也想體驗一下詩人當年的行程，千里江陵，從白帝城早上出發，是否一日內便可抵達？只是當時是上行舟程，無法和順流相比，而且沿途又在宜昌住了兩天，和夜宿巴東江中船上，經過三、四天才到達白帝。只好想在回程下行船中，決心來作一次體驗，尤其是三峽兩岸的猿聲，究竟是如何地悲鳴淒切，果真會使人淚濕衣襟嗎？

那天我是在上午九時十分自奉節開船，奉節在白帝城西面不遠，山崖下雖有碼頭，但大船並不停靠。當時船經白帝山下夔門時，馬上進入瞿塘峽，抬頭仰望，正值旭日東昇，白帝山巍峨北岸，山頂彩雲繚繞，正符合了李白「朝辭白帝彩雲間」的詩景。至於白帝到江陵的距離，根據從前《水經・江水注》的說法是：三峽行程是七百里，自白帝至江陵的距離為一千二百，而李白的「千里江陵」，只是一個概略的估計。

再根據現在的三峽導遊圖或輪船上的旅遊標示：自奉節到南津關整個長江三峽的航程為一百九十七公里。如以一公里折兩華里計算，也不過七百五十華里，和古人的算法就差得很遠了。

復以時間計算，我那天上午九時十分自奉節啟航，迄晚上十一時四十分抵達沙市（江陵下一站），共費時十四小時半。扣除在宜昌停船五十分鐘，巴東、枝城停靠共約四十五分鐘，再從江陵下靠沙市碼頭，約需半小時，沿途共耽誤一百三十五分鐘，算來自奉節抵江陵時間，約為十二小時二十五分，剛好是「千里江陵一日還」了。

回想在與李白同時代的杜甫，即早有此嘗試和體認。他在詩中即吟道：「朝發白帝暮江陵，頃來目擊信有徵。」我這裡只不過把它再一次地詮釋罷了。

再說，李白當年乘坐的是木質帆船，時值暮春，小舟輕便，順著一江春水向東流，雖經過瞿塘峽口灩澦堆礁石的驚險，但仍然可在一天之內到達；而我們現在所乘坐的卻是新式輪船，航速較快，同時灩澦堆的攔江虎已被炸平，應該早一點到達才是。

詩中「兩岸猿聲啼不住」，此處的「啼不住」有雙關意義：一指猿聲不住地啼；一指三峽水流湍急，船不可稍停，連猿聲也挽不住行舟。而主要的還是李白在流亡途中遇赦放還的快意，連行船也沾染著他的喜氣，不自覺地也跟著輕快起來了。如果是他昔日所吟夔峽的〈長干行〉時，難免還是「五月不可觸，猿鳴天上哀」了。

按李白在五十七歲時，即唐肅宗至德二載（七五七），在廬山被迫參加永王李璘的幕府，為時不過一月。不久，永王璘兵敗，李白被繫獄尋陽；雖暫時被保獲釋，終以從璘事長流夜郎。次年，即肅宗乾元元年（七五八），流夜郎自尋陽首途。秋天，在流放途中，行至江陵，曾賦詩寄意。當年冬天，即西航三峽，奔赴流亡之地。再次年，即肅宗乾元二年（七五九）三月，當他行至白帝時，突然遇赦放還，使他喜出望外；

於是立返江陵，吟出他這首生平最快意的絕唱，就和杜甫的「白日放歌須縱酒」一樣地輕快舒發，使後人也沾染到詩聖、詩仙的快意。而我此次能實地體驗，口吟身歷，同時又是初履峽谷，更是大快生平了。

「風急天高猿嘯哀」，和「聽猿實下三聲淚」，這是杜甫聞巫峽猿聲的傷感。「巫峽啼猿數行淚」和「亂猿啼處訪高唐」，這是唐代邊塞派詩人高適和女校書薛濤描述峽中猿聲淒厲的名句。據《水經・江水注》謂：「……有時朝發白帝，暮到江陵，其間千二百里，雖乘奔御風，不以疾也。……每至晴初霜旦，林寒澗肅，常有高猿啼叫，屬引淒異，空谷傳響，哀轉久絕。故漁者歌曰：『巴東三峽巫峽長，猿鳴三聲淚沾裳；巴東三峽猿鳴悲，猿鳴三聲淚沾衣。』」據說，猿的鳴聲乃一連三聲，聲音淒厲悠長，像悲哭一樣，哀戚感人。像唐人常建的〈嶺猿〉詩：「相思嶺上相思淚，不到三聲合斷腸。」詩人聽猿下淚的哀感，看來大抵相同。

還有，據《世說新語・黜免篇》記載：晉代大將軍桓溫率軍入蜀，經過三峽時，軍中有人抓到一隻小猿，猿母順江岸悲鳴追趕，行百餘里不去；終於跳上船中，一上船便氣絕而死。有人剖視其腹，腸皆寸寸斷。桓溫聞之怒甚，遂貶黜抓猿的人。後人以「柔腸寸斷」或「斷腸哀痛」比喻悲傷已極。

我就是讀到這些古人聽猿哀感的名句，和猿母斷腸的淒絕故事，決心想親身來體驗而一探究竟。那天在上行船中，於巴東江上停了一晚，正值巴山夜雨，未聞猿聲而聽雨，江闊雲低，心中別有感觸。次早開船，又因為好夢正甜，連神女峰都錯過欣賞的機會。上午一直穿過巫峽，未聽到一聲猿嘯，正好減少我「斷腸」的機率。

第三天，在參觀白帝城後，返程順水東流，時間、詩景都和李白當年下江陵時的行色相同；只是船種和季節有異罷了。我除計算時間以外，特別佇立船舷，諦聽高猿鳴叫。船入瞿塘峽後，經大溪、巫山再轉入巫峽；然後經巫山十二峰而至官渡出口；經過兩岸的無數叢山，「輕舟已過」，很遺憾，也很失望，竟沒有聽到一聲猿嘯，當然也看不到母猿追船斷腸尋子的情景；只見兩岸孤絕的棧道上，仍有人踽踽獨行，不知他從何而來，又往何而去？

「巫峽猿啼」，古詩中言之鑿鑿；不但我此行未有聞到，就連自兩岸開放往來後，很多前往遊覽三峽的作家和採訪記者，讀他們的旅遊文章，也從未見他們報導過聽到猿鳴的情事，古今感觸不同，使人頗為納悶。

繼而想到：我此行想聽猿而無所得，是否選擇的季節不對？我遊三峽，乃陽曆七月中旬，正直炎熱天氣；或是我聽猿不得要領，也許在輪船上聽不到，所以錯過探究的機會。又是否真正要在風急天高、晴初霜旦的深秋，才可聽到，也未可知？再不然，是否為三峽兩岸近數十來林木砍伐過甚，致森林面積減少；或山坡地開發過多，以致猿類無處棲身，只好向後撤躲；或者是有人惡意誘捕，以致猴類不敢現身，跟著也聽不到鳴叫。這些都是我想尋求的答案。

——原載一九九三年十月一日《中國語文》第四三六期

荊州城的北門保存得最為完整。

沙市、荊州半日遊

去年（一九九二）七月間，我首度回故鄉湖北探親，抵達武漢後，先有長江三峽之旅。因為是自助旅遊，只有兩位親人陪伴，在武漢、沙市、宜昌及四川奉節等地，各住了兩天，一方面是觀賞名勝，同時也想探訪古蹟。

從武漢乘船上行，首站目的地是沙市。沙市位於長江中游的北岸，當水陸之要衝，是個有人口約二十萬的輕工業都市，原是由沙礫淤積而成，故名沙市。此地距荊州古城很近，只不過七公里半的路程，但船舶均在沙市停靠。荊州是現在江陵縣治所在地，古名郢都，春秋時楚文王自湖北枝江的丹陽，遷都於荊州城北之紀南城；後來楚平王又遷都於江陵縣東北不遠的郢縣。三國時的劉備痛失荊州，及諸葛亮三氣周瑜的蘆花蕩，就在此地。附近還有春秋時楚王名相孫叔敖，和明代內閣首輔張居正的墓塚。另外沙市還有春秋時楚靈王興建的離宮——古章臺的遺跡，及附近荊州博物館的文物。這些古蹟都是我想探訪和憑弔的地方。

我那天上午船抵沙市後，中午就想出遊。旅社想兜攬我包一部遊覽車，因為只有三人，包租乘坐不划算；計程車不容易找到，流行的中型巴士路線又不便；最後只好找上三輪車了。

進入市區後不久，恰巧便找到一部，我們向車夫說明要遊覽的路線，想租用他的車子，並詢問車錢。

車夫連聲應好：「只要我知道的地方，我一定載你家去。」他打著家鄉湖北的腔調，聽起來蠻親切的，車資也還便宜。

三輪車踩踏在沙市的街道上，我們一面問話，他一面解說，沒多久，便到了沙市中山公園。

放下車子，小夥子跑在前面，我們在後面跟，大家步行，不久便找到公園北角的

「春秋閣」，瞻仰關公讀《春秋》的形象。閣樓建築古樸，彩繪有大幅三國歷史人物的壁畫。回想起關公一生忠義事跡，使人肅然起敬。

由春秋閣稍一轉彎，便是孫叔敖之墓。瞻謁蔿氏墓園，除肯定其為相的政績外，也使人想起他小時埋兩頭蛇的故事，及孟子書上：「孫叔敖舉於海，百里奚舉於市。」的古句。

出了沙市公園，三輪車踩踏在沙荊公路上，好像漸漸走進三國時代的史實裡，不一會「荊州城」三個大字赫然在目。穿過城門，又彷彿踏回了時光隧道。行走在古城的石道上，聽不到現代汽車的聲音，肅穆而寧靜，難免興起思古之幽情。望著四周高大的城牆，古樸壯麗，時代遞嬗，它浸染過多少歷史的風霜；使人幻想起當年關公在此築城巡守的情景，彷彿他威武高大的英姿，就在現在眼前。再回顧後面城門，又猜想當年東吳呂蒙計襲荊州時，另俘獲的墩臺軍官賺開城門，不知是否就是從這道門牆騙打進來的。

「這裡是荊州的北門，城牆保存得最完整，外面還有護城河哩。」站在城牆上車夫向我指說：「遠處就是關公的點將臺，那邊是他的洗馬池，你家要參觀的紀南城，就在那個方向，今天不能去了；其實，那裡也不過留存著一道舊城、幾處荒丘，和一些古墓而已。」

車夫對史實不甚明瞭，我此行的目的，是在訪古和弔古。事實上，現在陳列在荊州博物館有二千多年的男屍，就是近年在紀南城不遠處漢墓內出土的；另外還有許多古代文物，而當時的郢都紀南城，宮殿的繁華富麗，是國內聞名的。

走下了城樓，轉進到荊州市區街道上，才體會出什麼叫做「城市」。經過江陵縣政府門前，才看清江陵縣治就在荊州；又使人默念起李白「千里江陵一日還」的詩句。遠眺荊州附近的山川形勢，想起這個地區曾是三國時孫權與劉備爭奪之地。江河不廢，風景依稀，昔日英雄，而今安在！至於關公大意失荊州，馴至後來敗走麥城而遇害；再導致劉備興兵伐吳，敗歸白帝託孤，出師未捷身先死，真是歷史的悲劇。

荊州城滄桑古老，春秋戰國時之楚國，曾在此建都四百餘年，故城就在附近，此後便為歷朝州府的治所，也曾是南朝梁元帝建都立國之地。想當年，這裡還有許多古聖先賢所踐履的足跡，引起後人的懷念。首先想到的便是屈原。

屈原在二十五、六歲時，便為楚懷王的左徒。《列傳》上說他：「入則與王圖議國事，以出號令；出則接遇賓客，應對諸侯，王甚任之。」那是他生平最得意的時候。不幸後來遭受讒言毀謗，而心害其能；以致兩度被流放。懷王被誘客死於秦，頃襄王又不能效死以禦侮，秦人來襲，只好棄郢都而遷於陳。宗社邱墟，人民離散，從他的〈離騷〉與〈哀郢〉兩文中，可見其心情之苦痛。

其次，想到的是宋玉。宋玉是屈原的弟子，曾歷任楚威王、楚懷王與頃襄王三代為臣。他是湖北宜城人；但在秭歸及江陵都有他的住宅。他生平雖不得志；但文章千古，他的〈高唐賦〉、〈神女賦〉與〈九辯〉諸篇，為後代文人學子所吟詠與歌誦的名作。杜甫曾憑弔他：「江山故宅空文藻，雲雨荒臺豈夢思？」對他不但同情，且非常敬仰，從「搖落深知宋玉悲，風流儒雅亦吾師」的詩句中，可以想見。他的故宅，就在江陵城北三里，恐怕早已泯滅無存。人到荊州城，只好作一番撫思與追念罷了。

還有，平生最蕭瑟的庾信，在梁元帝都江陵時，就曾住過宋玉的故宅。他奉命聘於西魏，不久梁亡被留長安而不得歸，所作〈哀江南賦〉，歷訴去國思鄉之情，驚動江南故舊。杜甫在〈詠懷古跡〉中，以庾信的生平來比擬自己，心情極為感傷。

再想到的是詩仙李白。他在五十七歲時，曾入任永王李璘的軍幕，雖為時不過一個月，但後來永王璘兵敗，他被牽涉到長流夜郎。次年，他被解自尋陽首途，在流亡途中，行至江陵，曾遊過楚靈王的離宮章華臺。冬季入三峽，翌年三月，他行至白帝城時遇到赦免，使他喜出望外，立返江陵。故有〈早發白帝城〉詩中，「輕舟已過萬重山」的快意。

最後想到的是詩聖杜甫。他在唐代宗大曆元年春季，自四川雲安遷往夔州。在奉節住過兩年，據說在此地作過四百三十多首詩。他的〈詠懷古跡五首〉，年譜上說是在夔州西閣時所作。我想前三首不如說是他在兩年後，去夔出峽，沿途經秭歸至江陵等地所作為適當。他在江陵曾住過幾月，亦有詩作甚多。

想到這些先賢，生平遭遇均不佳，哲人日已遠，典型在夙昔。古蹟多已泯除，無法尋覓憑弔；只好借用杜甫懷宋玉的詩句：「悵望千秋一灑淚，蕭條異代不同時。」作為此時心情的寫照，又回入現實生活中。

三輪車，跑不快，我們到達荊州博物館時，已在下午將近下班時分，許多古物不能看，只好挑看主要兩種。

由於車夫的熟悉前導，先找到男屍的陳列室。這具男屍，仰臥在由玻璃製的地窖內，用藥水保養著。從上向下俯視，一目了然。其內臟已被取出，另放在左邊的玻璃匣內，很像一具標本，可以讓人攝影。由資料顯示：墓中人葬於西元前一六七年（西漢文帝十三年），距西元一九七五年六月、在紀南城鳳凰山漢墓內出土時，已有二千一百四十二年的歷史。由於他當時被深埋、密封的關係，和後來棺液滅菌的效果，

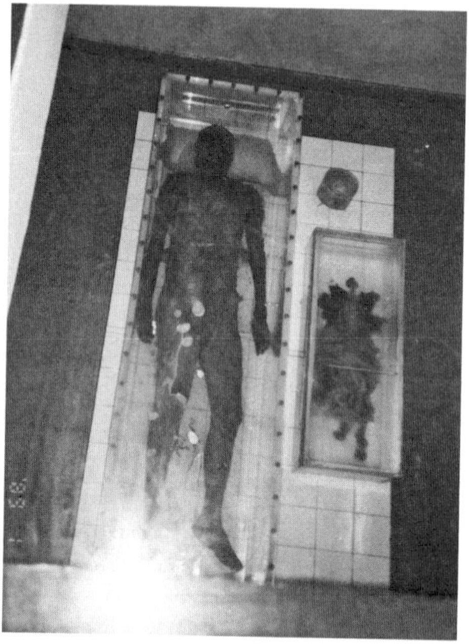

荊州博物館展出兩千多年的男屍，右為其內臟。

所以歷經兩千多年，屍體仍然保存完好，肌肉富有彈性，牙齒、大腦齊全，關節均可活動；而所屬的年代還較長沙馬王堆女屍為早，但名氣卻不及她大。

越王句踐臥薪嘗膽、雪恥復國的故事，小時候即已得知；但我所要看的，如越王句踐劍、楚王孫魚戈，都找不到。後來，賴車夫的費神打聽，才看到「越王州勾劍」和「虎紋巴式劍」，並特許攝影，總算不虛此行。出了陳列室，匆忙要參觀關公的餵馬槽和張飛的行軍大鐵鍋。還是車夫的熱心帶路，在館外雷祖殿前的迴廊找到。馬槽長約一丈，仍然完整潔白，它曾是當年關公所心愛的、後來絕食殉主的赤兔馬所餵食的器具。張飛行軍用的大鐵鍋，真是大得驚人。據車夫解說，它三天燒不熱，三天冷不掉，不知當時是如何搬運的。

離荊州博物館，已近日落時分，我們又匆忙趕回沙市，參觀楚靈王的離宮故址，現在要問章華寺才可找到。那株古梅就種在佛殿前的院子裡，後面有石碑刻著「楚梅」兩個大紅字，上面橫書「古章臺」三字。據另一塊石碑「章臺梅」簡介謂：楚靈三年建章臺，距今古曆壬申年（筆者按：一九九二年）花朝節立碑時，約為二千五百二十六年，僅存遺跡有沉香井和章臺梅兩處。那株古梅仍然生機勃勃，四季鬱鬱蔥蔥，被列為全國五種古梅之首位。中錄清初羅朝偉題句問曰：「植者何人自何代？」對此株古梅的由來，均沒有明確的交代。

要尋找那口沉香古井，得轉幾個彎，在右小院內才可找到。井口已被雜物所遮蓋，撥開雜物後，才可看到全貌。因旁邊無標誌，未列為古蹟保護，恐年代久遠，勢將泯滅無存。

在暮色蒼茫中，離開章華寺，到達原叫車位置，已經華燈初上了。付完車資，結束了半日的旅遊。

——原載一九九三年十月號《南投青年》第二三二期

漢水自北南流至漢口與長江匯合，漢清江濁，猶如涇渭分明。

龜山塔攬勝

站在武昌黃鶴樓上，居高臨下，極目楚天，可遠眺武漢周圍江面與山色及城市平闊之美。向北望去，掠過長江大橋，看到對面龜山上，有一尖高的建築物，在它的中上段，又呈鼓起粗大之狀，朋友告訴我，那是新建的廣播電視塔，海拔比黃鶴樓為高；不但可發射、傳送電視節目，也開放給旅客參觀，不可不去看一看。

於是，我們驅車經過長江大橋，直駛龜山之顛，到達電視塔前面，抬頭仰望，看到它既高大又別致，主要的可以登高攬勝，覺得頗有看頭。

購票進入，乘電梯而上；裡面不像遠看只是一根鐵柱，而是層層各有內涵；尤其是中上段鼓出部分竟是一層層各具用途的樓房。

在武漢沿江景物中，除黃鶴樓外，以蛇山、龜山隔江對峙而聞名。論高度龜山海拔要比蛇山高出五公尺多。黃鶴樓只有五層，主高五十一公尺；而這座電視塔，從地面起淨高為二百二十一・二尺，就比黃鶴樓高得多了。

電視塔，矗立在龜山頭上，即漢水與長江匯合口之上空，塔下與長江大橋、蓮花湖相毗鄰。塔樓即中上段鼓出部分，建築在一百零四公尺至一百三十五公尺之間，設有露天平臺、微波機房、瞭望廳和旋轉廳等四層建築，其他均為頻道線和電視發射部分。

站在露天平臺上，放眼向南望去，底下的長江大橋，有如橫波臥龍，橋上車輛絡繹不絕，中層火車隆隆而過，江面船隻緩緩航行，水陸各路，車船競發，別具動態。遠眺對面武昌蛇山，山背一片青蔥，儼如長蛇綿亙。黃鶴樓矗立山頂，聳構巍峨。武昌市區，屋宇櫛比，形勢險要，自古為兵家必爭之地；尤以武昌起義，雙十國慶，在歷史上燦爛生輝。再向後延望，視野可及洪山、珞珈山、東湖等名勝，雲山蒼蒼，大地遼闊。舉目四顧，武漢三鎮，盡入眼底，江水茫茫，大廈聳立，頗有塔高一層、地增千里之美感。

再將目光沿長江自上流而下，爽氣西來，滾滾長江東逝水，孤輪遠影，惟見長江天際流，正是古人所形容的江間景色。而漢口與漢陽隔漢水相望，中由江漢橋聯絡交通。過去筆者僅知陝西省的渭水與涇水，因水流顏色各異，涇清渭濁，匯合處涇渭分明。這次登臨龜山電視塔，俯視漢水自襄河而下，水色清碧，流至漢口與長江匯合，因長江水色渾濁，立刻清濁分明；正是涇以渭濁，而漢以江渾，猶如涇渭分流，清晰可辨。

俯首向下鳥瞰，山下即是聞名的晴川閣，古蹟幽雅；前面江面靠山部分，傳說即是從前的鸚鵡州。這一帶山麓景觀，正是唐人崔顥當年題黃鶴樓所吟詠的——「晴川歷歷漢陽樹，芳草萋萋鸚鵡洲」的一時靈感。惟漢陽樹現已少見，僅作市區點綴；而鸚鵡洲已沒入江中，要是詩人能轉世，勝地重臨，一定會感歎江山不再，世事滄桑；如果再看到橫臥的長江大橋，與矗立的龜山電視塔，詩句恐又將改寫了。

向西眺望，便是漢陽城外的月湖，中午水波不興，湖面如鏡，柳絲垂岸，荷葉田田，遠望增添幾許涼意。在月湖之畔，有一處古蹟名「伯牙琴臺」。遠在春秋時代，晉國大夫俞伯牙，行船避風在漢陽江口馬鞍山下，因彈奏「高山流水」之曲，而結識在當地隱居深諳音律的鍾子期，因其能深解其琴中曲意，萍水相逢，乃結為知音相惜，並相約在次年同日在原地相聚；不意造物弄人，次年伯牙依約前往，而子期已因病去世。伯牙悲痛不已，揮淚為子期再奏一曲，曲終歎道：「春風滿面皆朋友，欲覓知音難上難。」遂碎琴不再鼓彈。司馬遷在〈報任少卿書〉中曾引用這段故事。後人為感念他們的真誠，在原址建造「琴臺」一座，傳之千古而不朽，引為佳話。

依照史實推斷：現在漢陽鍾家村這一地帶，應該是當年江口馬鞍山山麓，也就是昔日鍾子期隱居於山下的集賢村。而現在該地段已成為繁華市區，正像是「滄海變桑田」，與東邊的鸚鵡洲「桑田變滄海」恰好是相反了。

——原載一九九四年三月號《南投青年》第二三六期

杜甫夔州西閣，即在白帝城山麓濱江處。

遊杜甫夔州西閣

有詩聖之稱的杜甫，生於唐睿宗先天元年（七一二），歷經玄宗、肅宗、代宗三朝。在這幾十年當中，正是唐朝戰亂頻仍的時代。朝廷動盪不安，人民生活貧困，整個社會長年籠罩在戰事與饑餓的威脅中。詩人以寫實的風格和素養，將自己坎坷的遭遇，和對戰後的觀察，以悲天憫人的心胸，發而為詩，便成為這個時代社會情態和民生疾苦的實錄，得到了他社會詩派代表人的穩固地位。

杜甫字子美，湖北襄陽人，因其曾祖遷居河南鞏縣，故又稱河南人。他少年時，家境清寒，勤苦好學，奠定良好的國學基礎。七歲會作詩，十四、五歲便能與當時的文士酬唱。弱冠之年，志在四方，曾南遊吳越三、四年，見識逐漸增廣。二十四歲赴京兆考進士，未能考取，一時頗為失意；於是放蕩於齊趙之間，與李白、高適等詩人往還唱和，為時約八、九年，自謂生活清狂放誕。三十四、五歲時，往長安去闖天下，惜仕途不順；他比李白小十一歲，卻沒有李白當年那樣地風光。

他在天寶十年（七五一），年四十，向玄宗進〈三大禮賦〉，想謀取一官半職，玄宗雖奇之；但只讓他待制集賢院，命宰相試文章。到了四十四歲那年，才授他一個河西尉的小官，他拜辭不就。後來改任率府冑曹參軍，職位低而待遇亦菲薄。在長安十年中，過著寄食於人的生活；不但自己衣食不周——「酒債尋常行處有」，連他寄寓在陝西奉先的幼子也餓死了。我們讀到他「入門聞號咷，幼子饑已卒；吾寧捨一哀，里巷亦嗚咽」的感傷詩句，不禁為詩人窮困的遭遇與難堪之境，寄以無限的同情與不忍。他的詩才雖傳誦千古，但在事業上卻極不如意。在肅宗時，只給他做過左拾遺的諫官。在友人劍南節度使嚴武那裡，也只做過工部員外郎，因此後人都稱他為「杜工部」。

杜甫在任左拾遺時，因疏救宰相房琯事，獲罪被貶為華州司功，曾棄官不就，前往陝西秦州，後又到成州同谷。當時到處都在鬧饑荒，他攜妻帶子，負薪採橡栗充饑，過著饑餓流浪的生活。肅宗乾元二年十二月（七五九），時年四十八歲，他攜眷輾轉逃難到四川，得到友人的資助，在成都城西浣花溪蓋了一座「草堂」；又因為在舊友劍南節度使那裡，得到一份工作，一時生活較為安定。不久，又因為西川兵馬使徐知道的叛變，又不得不因避難而開始流浪。他東奔西走地到過梓州、通泉、漢川、閬州各處。後來嚴武再鎮劍南，他又攜家重回成都，在「草堂」原址，過著一段時間恬靜平淡的生活。

唐代宗永泰元年，當時他已五十四歲，因友人嚴武去世，生活失去憑藉；於是挈眷東行，經宜賓、重慶而至忠州、雲安。於大曆元年春（七六六）自雲安（今四川省雲陽縣）遷居夔州，秋天寓居夔州之西閣。據年譜記載：他的詩作〈秋興八首〉、〈詠懷古跡五首〉、〈負薪行〉、〈古柏行〉和〈閣夜〉、〈西閣二首〉均成於此。而〈八陣圖〉正是指著西閣前面的江濱而吟詠的。

按杜甫當年所居夔州的「西閣」，就在現在白帝城西麓濱江山腳下，而八陣圖古蹟，就在西閣的前面，當時還是一塊沙磧，現在已被江水淹沒。那天筆者參觀白帝城，在出口處沿山而下，見標示有鐵鎖關、偷水孔、觀音洞和杜甫西閣等名勝，一直下山留心察看，只見有佛堂、岩洞、商店和休憩地室等，未見有杜甫所留下的古蹟出現；等到出門後，才見門楣上題有「西閣」二字，始知此處即為杜甫昔日住地。因已出門，無法再進去尋訪，只好攝影後作別。

杜甫在西閣住不久，即於大曆二年春天，遷居赤甲，赤甲正是夔門的北山。三月遷居瀼西，秋天又遷東屯，不久復歸瀼西。他在這年的作品有〈暮春題新賃瀼西草屋五首〉；〈從驛次草堂復至東屯茅屋二首〉，年譜謂此乃子美從驛借馬，暫次瀼西草堂，而復至東屯有作。此外，還有〈詠瀼西春景〉和〈題瀼西賃居〉等詩篇，都是這一年的作品。

代宗大曆三年（七六八），時年五十七歲，正月他離開夔州出三峽，三月至江陵。當年秋天移居公安，年底前往岳州。次年正月，自岳州前往潭州。大曆五年四月，因避亂經衡州欲往郴州，途經耒陽，因受大水所阻，十日不得食；後縣令具舟迎之，大食牛肉白酒，一夕之間，因傷食而暴卒，時年五十九歲。千古詩才，就此辭世。後四十年始由其孫嗣業，歸葬於河南首陽山下。

杜甫離夔州行前，曾有〈將至巫峽贈南鄉兄瀼西果園四十畝〉和〈白帝城放船出瞿塘峽將適江陵四十韻〉等詩作。總計他自唐代宗大曆元年春遷居夔州，至大曆三年正月去夔出峽，在夔州居住將近兩年，在這裡共寫下了四百三十多首詩，是他詩歌創作最豐富的時期。他的名作〈秋興八首〉憂國傷時，道盡了一生身心苦事。從「叢菊兩開他日淚，孤舟一繫故園心。」和「艱難苦恨繁霜鬢，潦倒新停濁酒杯。」即可知其梗概，而這些名句都是寓居在西閣時寫的。

另外，白帝廟內各亭殿所用的聯語，大都取自杜甫的詩句。如正門「三分割據紆籌策」，和劉備正殿「三顧頻煩天下計」等。又如觀星樓的聯語為：「無邊落木蕭蕭下，不盡長江滾滾來。」在劉備正殿明良殿的右壁，便是武侯祠，聯句為「諸葛大名垂宇宙，宗臣遺貌肅清高」等等。

過去在夔州不知是否分別有先主廟和武侯祠，現在白帝廟內君臣的享堂，僅是一壁之隔，也正應了杜甫的〈詠懷古跡〉之四——「武侯祠屋常鄰近，一體君臣祭祀同」的詩句。

杜甫在夔州的草堂，名稱應該是「瀼西草堂」。那天我在奉節乘坐開往「草堂」的班車在白帝城下車，因不知夔州也有杜甫草堂古蹟，故未去遊歷，事後懊悔錯過機會；倒是西閣曾大略走一趟，並攝影留念。而後人為了紀念杜甫對夔州的感情，就把他當年傍居的一條河流，名為草堂河，正是現在白帝城和夔門相隔的一條小溪，流向瞿塘峽的。由此可見夔州人民，對這位大詩人感念之深。

——原載一九九四年七月一日《中國語文》第四四五期

白帝廟

白帝城懷古

站在白帝城的城頭上，面對浩蕩的長江，再舉目四顧，所見都是古蹟和名勝，它們在歷史洪流中，歷經滄桑演變，留給後人來憑弔與追思。

滾滾長江東逝水，浪花淘盡英雄；不但昔人今以杳，而古蹟也改變了原貌，甚至泯滅無存。勝地登臨，不免興起思古之幽情而不能自已；所幸遊客眾多，在眼前穿梭不息，使人無法長想，而拉回現實。

這一座古城，其附近形勢，古往今來，無論在政治上、軍事上均占著重要的地位；而在文學上、由於《三國演義》的流傳，和李杜詩篇的名世，留給後人無限的綺想與懷念。所以我這次長江三峽之旅，是以觀賞名勝緬懷古蹟並重，而在沿途中，回溯歷史與默念昔人詩句，較之觀賞風景，所占時間尤多。

眼前就是聞名的白帝廟，由廟門前的一副聯語，即可知其史實梗概——「三分割據紆籌策，豈容公孫躍馬；六出祁山復漢祚，莫償諸葛孤忠。」白帝廟，就在夔門附近白帝城內。這座白帝城，初名魚腹，漢置魚腹縣。據《元和志》記載：「白帝城為公孫述所築，初述至魚腹，有白龍出井，自以承漢之運，因自稱白帝，號山曰白帝山，改魚腹為白帝城。」按三國時蜀漢以此為防吳重地；昭烈帝征吳敗還於此，改魚腹縣為永安縣，後崩殂於永安宮。

西漢末劉秀削平群雄，白帝公孫述為劉秀所滅，當地人為了紀念他，特地在白帝城興建白帝廟，塑像供祀；到了明朝公孫述的塑像卻被搬離，為劉備像所取代；但白帝城、白帝廟的名稱，仍沿用至今。

「三分割據紆籌策」，本是杜甫詠懷古蹟讚頌諸葛亮之詞。這裡乃指自赤壁之戰後，魏、蜀、吳三國鼎立，其間賴諸葛亮之籌謀策畫，君臣相得之美譽。後來白帝公孫述被敉平，而今塑像又被搬離，當然無從躍馬了。

而諸葛亮受先主臨危託孤之重任，力圖完成統一大業，曾六出祁山，圖謀伐魏；不幸積勞成疾，病死於五丈原軍營中。——「運移漢祚終難復，志決身殲軍務勞。」

進入白帝廟後，正面就是託孤堂，俗傳「白帝託孤」。原來，因劉備忿恨東吳之偷襲荊州與謀害關羽，悲憤填膺，三日水漿不進，不聽文臣武將之勸阻，於章武元年（二二一）秋七月執意興兵伐吳，誓為關羽報仇。次年春二月，劉備自秭歸率諸將進軍，於夷道、猇亭一帶駐紮，連營七百里，紮寨四十餘屯，聲勢浩大，吳軍不敢當其鋒。後因吳將陸遜施用火攻之計，於當年夏六月，被吳軍大敗於猇亭（今湖北宜都縣境），乃燒鎧斷道，以阻吳軍追趕；幸賴趙雲救歸白帝城，後悔征吳不及，無顏返成都，遂傳旨就白帝城駐紮，將館驛改為永安宮。

卻說劉備因征吳失敗，悔恨成疾，終致一病不起，遂遣使往成都，召承相諸葛亮、尚書令李嚴等，星夜來永安宮付託國家大事。孔明等與先主次子魯王劉永、梁王劉理來永安宮見帝，留太子劉禪守成都。

當時君臣見面，均淚眼相對，永安縣城內外，淒風苦雨，一派蕭瑟、悲涼景象。君臣間有兩段肝膽相照的對話，劉備泣曰：「君才十倍曹丕，必能安邦定國，終成大事。若嗣子可輔則輔之；如其不才，君可自為成都之王。」孔明聽罷，汗流遍體，拜泣於地曰：「臣安敢不竭股肱之力，效忠貞之節，繼之以死乎！」這兩段君臣赤誠相見的話語，令當時及後人感動，有如日月經天，千古常明。

劉備託孤，是一幕歷史悲劇，瞿塘峽的千古悲風，掠過永安宮前，為這位蜀漢君王奏起悔恨的哀樂；西川的江水，匯聚到夔門峽口，也難洗淨昔日君臣們的遺恨。而今，為了再顯現當時的情景，白帝城博物館特請名師創製了一幅大型彩塑，將劉備當年在永安宮託孤的場景、人物、氣氛，塑造得栩栩如生，十分真實而傳神。且看劉備斜臥龍床，滿面憔悴，微曲的右手，指向諸葛亮，示意兩位皇兒，千言萬語，盡在神情相對中。諸葛亮手持羽扇，肅然側立，聆聽著劉備的囑託，雙眼凝視遠方，自感任重而道遠，思考著未來的軍國大計。當時關羽、張飛已不在世，僅趙雲握劍侍立在旁；左右並分塑當時的文臣武將包括李嚴、吳班和張苞、關興等人，各具不同神態、或掩面拭淚，或以手托腮，或悲痛欲絕，或飲恨於胸，無不沉浸在悲傷之中。

劉備託孤地點，究竟係在白帝城，抑或是永安宮？《三國志・蜀書・先主傳》載：「三年春二月，召丞相亮自成都到永安。先主病篤，託孤於丞相亮，尚書令李嚴為副。」並未載明何地；而《三國演義》卻明明記述託孤係在永安宮，《水經・江水注》亦載明於此。後人之所以流傳「白帝託孤」，或係白帝城名稱沿用較久，名氣較大之故吧！

再談八陣圖：傳說中的八陣圖，有水八陣和旱八陣兩處，一般均係指水八陣而言。水八陣在現在四川省奉節縣治東南約兩公里的大江之濱、梅溪河的出口處，地名魚腹浦。過去係一個自然形成長約千餘公尺、寬約數百公尺的沙洲壩，現在已淹沒在江水之中。當時的魚腹浦和現在的白帝城是相連接的，現在兩地江面直距離僅四・七公里；但陸路從奉節到白帝城乘汽車需繞道梅溪河橋進去再出來，約需三十餘分鐘才可抵達。而奉節開往杜甫草堂的班車，正要經過白帝城的。

觀星亭

據《三國演義》記載：劉備征吳失敗，逃歸白帝城，吳將陸遜曾追至夔關不遠，見前面傍江一帶，有殺氣沖天而起，經再三觀察並詢問土人，始知為諸葛亮昔日所排成的石陣，常常有霧氣如雲，從內而起。陸遜不信會有如此神妙，直入石陣察看；誰知忽然狂風大作，飛沙走石，江聲浪湧，有如劍鼓之聲，使他陷入陣中而不得出；幸賴諸葛亮之岳父黃承彥救出死門，得保性命。陸遜深感諸葛亮的神機妙算，即刻下令退兵，共同北拒曹魏。

照筆者觀察：昔日夔門的地形，照理說與現在應無改變。且看赤甲、白鹽兩山，壁立對峙，夾抱如門閥，猶如兩座擎天柱石，上懸下削，危岩欲墜；而下面便是「回瀾灩澦」，江水怒激，舟行驚險，陸遜如何進兵到此觀陣？而八陣圖正在白帝城西邊的江濱，進入八陣圖必須經過白帝城，陸遜如何繞道而入？

查閱《三國志・蜀書・先主傳》：「章武元年，先主忿孫權之襲關羽，將東征，秋七月，遂帥諸軍伐吳。孫權遣書請和，先主盛怒不許。二年夏六月，陸議（筆者按：陸遜本名陸議）大破先主軍於猇亭。先主自猇亭還秭歸，收合離散兵，由步道還魚腹，改魚腹縣曰永安。吳遣將軍李異、劉阿等踵躡先主軍，屯駐南山。秋七月，收兵還巫。」據此，陸遜並未追至夔關，當然也未入八陣圖中。

據史書記載：諸葛亮曾兩度到過魚腹，推測當時在此推演兵法，作實戰示教的「沙盤堡壘」，當有可能。而「八陣圖」是否真有如此之神妙，一般人都保持保留態度。杜甫題〈八陣圖〉絕句：「功蓋三分國，名成八陣圖。江流石不轉，遺恨失吞吳。」諒亦係根據傳聞而來，因為他當時正傍居在八陣圖原址江濱之「西閣」，只不過當時八陣圖尚可顯現遺跡而已。詩中所謂「江流石不轉」，乃是當時的情況，現今由於時移勢轉，滄海桑田，八陣圖已沒入洪流之中，而不得見。將來如中共三峽大壩建成後，連奉節、白帝城均將沒入庫區之中，而八陣圖真的成為歷史陳跡了。至於《三國演義》對八陣圖之所以如此誇張描寫，我想諒係作者羅貫中為突顯小說情節，引人入勝的筆法而已。

——原載一九九四年十一月號《南投青年》第二四一期

永安宮古址在四川省奉節縣城內，師範學校後院內，現已沉沒於長江大壩水域中。

尋訪永安宮故址

從前讀杜甫〈詠懷古跡・其四〉前兩句：「蜀主窺吳幸三峽，崩年亦在永安宮。」不但對三峽風光十分嚮往，更想對古戰場的史實一窺究竟。而且對永安宮的故址，也想親臨探訪。

前年（一九九三）返鄉探親，先有長江三峽之旅，終點為四川奉節。奉節為長江三峽中上行最後一峽瞿塘峽的近處，左前方江濱不遠處，即為聞名的白帝城。白帝城內有白帝廟，我想永安宮一定也會在附近。誰知遊覽了白帝城，探訪過劉備正殿、託孤堂和武侯祠以後，就是找不到永安宮。詢之遊客或當地人，亦瞠目不知所答；後來有人說，永安宮在奉節縣城內，現已改為廟堂，才算問出一點端倪。

於是由白帝城折返奉節，每見似為知識人士便請問，永安宮在何處？他們之中有些人雖為當地人，因對古蹟不甚留意，亦茫無所知。最後問到一位公務人員，他說永安宮故址在市區西南角奉節師範學校內，已成重點文物，有宮址石碑而無殿舍，你問師範學校即可找到。

於是又穿大街、過小巷，在炎夏中午時分，冒著攝氏三十七度的高溫，幾經探詢訪問，才找到那條街道。首見有「永安賓館」市招，迨進入師範學校內，因正值暑假，學校無人，可隨意走動。在操場之一角，見有兩棵枝葉繁茂的大樹，旁邊豎著「文武官員軍民人等到此下馬」石碑，心中已經有所定著。再進去參訪，見有三塊石碑，直二橫一刻著「永安宮故址石碑」幾個大字，橫書「奉節縣重點文物保護單位」。抬頭後望，都是七零八落的住戶，物換星移，尋常巷陌，這就是當年蜀主劉備的行宮，和託孤、崩逝的地方。杜甫在一千二百多年前，已經把它當作古蹟來吟詠，我輩後人，只能作一番憑弔罷了。

「白帝託孤」，是一幕歷史悲劇，千古流傳；但真正託孤地點，不在白帝城，而在永安宮，兩地有數公里的距離。按《三國志・蜀書・先主傳》載：「三年春二月，召丞相亮自成都到永安。先主病篤，託孤於丞相亮，尚書令李嚴為副。」並未載明託孤係在何地；而《三國演義》卻明明記述託孤係在永安宮，《水經・江水注》亦載明於此。後人相傳「白帝託孤」，或係白帝城名稱沿用較久，名氣較大的緣故吧！

原來，劉備因忿恨東吳之偷襲荊州與謀害關羽，執意興兵伐吳，誓為關羽報仇；雖連營七百里，聲勢浩大，但因被吳將陸遜施用火攻之計，大敗於猇亭，乃燒鎧斷道，退歸白帝城，將館驛改為永安宮。此處之館驛，乃我當時探訪之永安宮故址，即今日奉節師範學校內操場之後緣。當年劉備因後悔征吳不及，無顏返成都，終至一病不起，乃有召諸葛亮「白帝託孤」之事。吾人讀史與憑弔遺蹤，亦不勝感慨。

——原載一九九五年三月三十日《聖然雜誌》第二十六期

起義門在武昌南門外起義街。

參謁起義門

我家住長江中游，距離革命發源地武漢不遠，縣裡面有多位革命先烈，曾參加國民革命運動，及參與辛亥武昌起義之役。小時候，曾聽到一些長輩們，談及家鄉某幾位革命元老，當年參加革命的一些軼聞義行，和當年武昌起義的革命情勢及烈士們奮不顧身的壯烈行為；不但對革命先烈締造民國的艱辛，和革命救國的偉蹟由衷地敬仰；尤以身為湖北人，未能參謁當年革命烈士們、起義的發源地武昌諸古蹟為憾。

原因是讀小學時，正值抗戰期間，武漢已

被日寇占領。家鄉雖未淪陷，但只能在鄉下躲飛機、跑警報，無法往長江旅遊；所以對武昌昔日之繁華熱鬧、名勝古蹟，只有空自嚮往而已。

抗戰勝利後，首次離家到臨江之縣城，才能目睹長江之滾滾洪流，和軍艦輪船之壯麗；但仍未看到汽車。迄一九四九年二月，當時因大局勢轉變，不得已離家出亡，到達華中重鎮武漢；但對革命發源地史蹟，也只能看到當年號稱之首義公園（即現在之黃鶴樓公園），與以起義當天早上，最先殉難之彭楚藩、劉復基、楊宏勝三位先烈為名之街道名稱——「彭楊劉路」而已。且因當時局勢動盪不安，人心惶惶，對革命史蹟無心去參謁探訪，想去也不得其門而入。

自從臺灣開放探親後，我第一次回家鄉武漢遊覽黃鶴樓公園、古琴臺及一些名勝地區外，曾參觀過武昌軍政府舊址，即一般人俗稱之紅樓。從書本上早知道武昌革命首義地區楚望臺，但不知其詳細地址，更不知尚有其他革命古蹟，可供瞻謁憑弔。

一九九七年十月，我第二次返鄉探親，從一本旅遊圖書上，看到有武昌起義門之介紹，心中甚感高興；所以到達武漢數日後，即要求友人陪同前往。

十月四日中午，和幾位當年初中同學在漢口礄口地區聚餐敘舊後，由老同學陳桓兄之指引，汪學琦同學陪同，由礄口中山大道坐公車，經武勝路過漢水橋，到漢陽文化宮前，望到古琴臺舊址。再沿龜山西側公路上長江大橋，過武昌黃鶴樓前，遠望滾滾江流，遙想當年革命情勢，和古今變幻，我雖非什麼文人墨客，然去國半個世紀，少小離家老大回，心中殊多感慨。

不多久，車經閱馬廠，過紅樓及東門，直向起義街進發。車抵武昌南火車站對面廣場，即我當年隻身離家首途赴岳陽之舊址。回想當年第一次在兵荒馬亂中擠上火車，蹲在車廂頂上，不知所措的情形，和汪君道及當年往事，不勝今昔之感。此處似為該線公車之終點站，距離起義街不遠，叩問當地擺攤老者，得知步行仍有一段距離，乃與汪君乘當地「麻木」前往。麻木者，乃武漢人對人力三輪車之俗稱也。其得名原因有二，此處無暇細究。

兩人坐在「麻木」上，顛顛簸簸，約莫十多分鐘即抵達武昌南門外起義街。此處街道狹窄，且破舊冷清，坐計程車反而不便。車經起義街剛一轉身，即見「起義門」三字赫然矗立城樓，目的地到矣。下車後，我和汪君站在城門外，仰望「起義門」三字石額，均肅然起敬。——這就是革命發源地武昌起義最先發難攻入之所，古蹟依然，史實輝耀，後人憑弔參謁，殊多敬仰之情。兩人攝影留念，在門外徘徊良久，始再行進入。

起義門，原名中和門，武昌城南垣三門之一。一九一一年十月十日晚七時後，籌畫反清起義的革命先烈，首先在工程營發難，旋即占領此門附近楚望臺軍械局，截斷清軍武器供應，並打開城門迎接南湖砲隊；使城內外革命力量得以結合，圍攻督署，殲滅清軍，使總督瑞澂聞風喪膽逃亡，統制張彪倉皇棄守，從而一舉占領了武昌全城。原城樓因年久已傾廢，一九八一年略依舊制重修，朱楹華桷，頗為壯麗。

我們以朝聖的心情，恭謹地進入城內，再向城牆反視，見壁上仍有「起義門」三字，城牆恐因一起修葺過，仍然堅固未舊。後為民房舊居，未見有街道可通，那麼「楚望臺」在何處？那正是當年工程營駐守發難之地，軍械局藏械彈之所，史冊留名，印象深刻。

再左邊牆壁上，刻有紀念碑文，碑面已為塵土所塗染，且視線不佳，文字已難辨認，想係敘述當年革命先烈占領此門、進攻督署之輝煌史蹟。這段歷史，早年在課本上曾經讀過，或閱讀歷年報紙上的紀念文字；惟有些只是片段的，未有一全盤整體印象。

由左邊臺階上城樓，旁有購買門票處。我便先問執事人員：「請問楚望臺在何處？」他起身用手指著說：「就在城樓左側不遠處，現在只是住屋，沒有什麼好看的。」兩人隨即登上城樓，城樓面積寬廣，均用石板砌成。後面有長方形正廳，廳內懸掛有當年參加武昌起義的先烈們遺像約百餘幅。每幅烈士遺像下面，均有文字敘述介紹。其中有些烈士在書本上出現較多，其姓名偉蹟早已熟知；有些只知姓名，對其革命事蹟，卻了解不深；有些甚至並無印象。當然，這多位烈士，都是當年奮不顧身的開國英雄。

首先，我們對烈士們遺像及其下面文字，逐一瞻仰閱讀；後來因時間關係，且烈士像太多，只好選擇較不熟悉的跳過去看看；再後來有些便用相機拍照，留待以後再詳細觀賞。然而，由於字體太小，條幅扁長，洗出來效果不佳，只有一兩張較為清晰可觀而已。

廳內還陳列有一些革命紀念性文物，惟無人看守，且無簡介文字，供人索取；或印行畫冊之類出售。我們只是走馬看花而已，印象不深。

懸掛在廳內之革命先烈遺像，我們雖親自瞻仰過；但有些不久即忘。印象中應包括首先開槍發難率隊向楚望臺進攻奪取軍械庫之熊秉坤、當晚率眾進攻開砲轟擊督署之蔡濟民、起義前被推薦為臨時總司令之蔣翊武、當晚被推為總指揮率眾進攻督署之吳兆麟、聞槍舉砲以應之蔡漢卿（在臺歌星蔡琴之祖父）、當晚與清軍排長扭打喝眾起義之金兆龍、一槍擊斃兩名清軍之程定國、在漢口製造炸藥誤傷之孫武、積極進行革命之劉公和張振武，和十月十日早上最先殉難之彭、楊、劉三位先烈，以及當時參觀忘記姓名之革命先烈等等。

此外，起義前赴上海洽購槍械之居正（後久任司法院長，來臺後始逝世）、楊玉如，由同盟會派來支援後到之黃興、宋教仁，起義後響應獨立於漢口之趙承武、詹大悲，響應獨立於漢陽之胡瑛、邱文彬，自應亦在懸像配享之列；至於臨時從樓梯間拖出擁為鄂軍都督之黎元洪，當然不在起義烈士之內。

出正廳後，見右邊平臺上擺有數門大砲，砲身油漆如新，砲口朝向西方當時督署所在地，不知是否當年起義時所用之舊砲，未見標示說明。

我和汪君在城樓逗留頗久，趁閒觀賞武漢遠近處之風景，同時回味半世紀前同窗共硯之往事。舉目四顧：北望黃鶴樓前江中，大船遠景碧空盡；西望夏口，煙水蒼茫，惟不見「晴川歷歷漢陽樹」。昔為長江天塹之隔；今已有大橋暢通。向後望，遠眺洪山，叢林蓊蔚，禪院清幽，縹緲雲山，青蔥遠景；近覽紫陽湖公園，亭臺錯落，柳葉輕飄，遊人徜徉其間，各得其樂，別有一番韻味。

——原載一九九八年十一月七日《金門日報》

八達嶺西山長城。

老當益壯登長城

長城對中國人來說，不僅具有歷史上的意義，還有情感上的寄託；登上長城，更是作者多年來的心願。

「我登上了長城」，這是一句普通告白，無若干豪壯語氣，更沒有征服的意味；人家海拔八千多公尺的聖母峰都攻頂了，我登上了長城，當然算不得什麼。不過，對我們這群年近古稀的退休老人來說，登上長城，著實費了一些力氣，尤其就我個人來說，更顯得不平凡。

長城舊事耳熟能詳

南投縣公教人員退休協會每年都選擇在秋高氣爽的九、十月間舉辦國外自費旅遊，歷年我都有選擇地區參加。今年接到通知時，毫不考慮地便選擇了「北京、天津之旅」。因為其中行程有登長城、遊故宮、去天津、遊承德，安排得緊湊而充實，所以這條路線報名者非常踴躍，需分三梯次前往，每梯次四十餘人，陣容浩大。

遊故宮紫禁城是一般人所嚮往的。對我們遠居臺灣的老百姓來說，想像中從前的皇宮豈僅是「侯門似海」，簡直是「天上人間」，既不可望又不可即；但我覺得遊長城比遊故宮來得更有意義。

我是在抗戰期間長大，當時國難當頭，無論男女老少，對日寇的欺凌，無不同仇敵愾。我們在學校集合行進時，都要唱《長城謠》：

「萬里長城萬里長，長城外面是故鄉。高粱肥，大豆香，遍地黄金少災殃……」

唱到後面語氣激昂，歌聲憤慨，除將「長城外面是故鄉」提高音度外，結尾是：「四萬萬同胞心一樣，新的長城萬里長。」但到底長城是個什麼樣子，我們都沒有見過。

而「孟姜女送寒衣」這個故事更是家喻戶曉。孟姜女的丈夫因為被遠徵到北方修築長城，忍受不住飢寒，病死在長城工地上。等到孟姜女趕到長城，看不到丈夫，便對著長城號哭不止；終於感動了天地，哭倒了長城。從小聽到這個淒涼的故事和鄉人唱的這首小調：「正月裡來是新春，家家戶戶點紅燈，人家團圓多歡樂，孟姜女的家中冷清清。」

後來在學校上史地課時，老師講到古代的北方常遭匈奴為患，秦始皇乃築萬里長城以鞏固邊疆。並闡述歷代補修長城的經過，以及長城在各時代國防上的重要性。當然，長城在某些時代並無國防的價值，而且也不是秦始皇一個朝代所修成的。老師要求我們繪圖時在我國北方疆界畫上長城的符號，以加深印象而研究邊防。這次有機會親自登上長城，乃實現了多年來「心嚮往之」的願望。

萬里長城是中國偉大的人力建築工程，為世界七大奇觀之一，早已聞名於世界。美國第一位登月太空人阿姆斯壯在登上月球後，唯一能看得見的人類建築，便是中國的萬里長城。人家外國人尚且如此細心觀察，我們身為中國人豈可放棄機會不一往登臨？所以我這次遊長城係不顧兩次跌傷腰背的傷痛，以虔誠膜拜的心情，前往長城巡禮的。

精神抖擻挑戰雄關

現在我們所能參觀的長城，是萬里長城中小小的一段，一個重要隘口——居庸關兩旁的八達嶺，位在北京昌平縣境，距市中心五十餘公里。

打從我們出北京首都機場，北京的地陪汪小姐便適時地在廣場等候，她滿口京片子，嗓音悅耳，在參觀時對每一景點的特色無不娓娓道來，風趣中不失莊重，沿途有她深入導遊與解說，並不時逗趣，使大家都忘記了旅遊的疲勞。在將抵長城之前，她鼓勵我們這些退休老人要老當益壯，個個都能登上長城，多使用點力氣，下來後她要摸摸大家的肩背，看看有沒有出汗。老人們經她這一激勵，個個精神抖擻，大家都說：「輸人不輸陣，看我的！」

行行復行行，車子在將達居庸關之際，遠望只見兩旁高山屹立，翠幛重疊，峻嶺作八字形向外張開，居庸關正在八字的頂點，我想八達嶺之名或由此而來。而長城城牆便依兩旁山勢高低起伏，曲折連綿，沿城路遍插各色旗幟，迎風招展；迨近觀之，始知為一篆書「居」字。入口處為一龐大建築城樓，額書「天下第一雄關」，氣派雄偉。下車後向四周張望，彷彿走入古戰場，看到威武的巡邏守軍，在城臺上點燃烽火訊號，

古居庸關原貌。

準備迎戰敵人的進擊。

八達嶺八字形右側的一捺，坡度陡峭，城牆依山勢斜度修築，一直連綿上山，將近有七、八十度的坡度。隔段修有一堡壘式的城臺，矗立山腰，直至山頂，此為西山長城；不但山勢陡峻，路程也較遠。上山後須横越山巔，再由左側下山，城牆直延至山下第二道城樓，構成一扁平半圓形狀；等到我登上東山長城後向西眺望，只見東西山長城的城牆連接成一長方形，兩道城門左右均有通道銜接；而居庸關舊關城位居中間，正扼住中間十八・五公里溪谷的咽喉。所謂「一夫當關，萬夫莫敵」，此關自古即為北京西北的屏障，為歷代兵家必爭之地。近代交通發達，京張公路從城門中通過。至於居庸關之名，乃取「徙居庸徒」之意。傳說秦始皇修長城時，將強徵來的民夫士卒徙居於此。

此次我們所攀登的東山長城，也是一般遊客所遊歷的路線。初登時坡道陡峻，而且高度不比西山低，同時初由關城上城下坡，也非常吃力。好在兩旁有鐵欄杆作扶手，而步道乃近年所補修，一方面可以手扶，另一方面仍可走走歇歇，不難爬上去。等到爬到山崗第一座城臺，後來便是一道道上升城坡。當地的旅行社另有安排隨團錄影服務，同伴們想在鏡頭上顯示活力不服老；除一兩位因體力不夠而折返外，大都能爬上城頭，至少走上一半，或爬到盡頭盡興而返。

我初登此陡峻城道時，也難免望而生畏。俗話說「凡事起頭難」，迨跨出幾步後，便使出渾身解數，走走歇歇，持續攀登。同伴們有的夫婦相扶持，有的好友相激勵，我則在錄影鏡頭下，斜著腳步側面上升，有時手扶欄杆，有時手壓臺階，很久才爬上一半。話說「行百里者半九十」，待稍作喘息後，便一鼓作氣，很快地便爬上第一座城臺；雖未氣喘如牛，但也汗流浹背，回首來時路，信心大增。此後雖非一路順風，但坡度低緩，還有餘情去研究城牆結構、地理形勢，和回顧歷史、緬懷古人築城的艱難。時維九月，塞外草衰，而俯視溪谷關城一帶，仍是人車擾攘，華屋鱗比，不失現代繁榮景象。

撫今追昔餘味無窮

再回想八達嶺這段長城，最初應該是戰國時代的燕國所興築。燕國當時正有河北省北部之地，北抵長城，東至渤海，西據太行山，並奄有南方平原。在戰國時代，燕、趙、秦三國都遭受匈奴及東胡族的迫害，他們在北境築長城，用以防禦胡人。秦始皇統一中國後，胡人仍然時常侵擾我國北疆，秦始皇曾派大將蒙恬討伐匈奴，收河南地。並將昔日燕、趙、秦所築的長城加以連接起來，並續以增修，長五千餘里，號稱「萬里長城」。

此後歷代間有修葺與興築，非復嬴秦之舊。自唐以後，遼、金版圖皆及長城以南，為宋室邊防所弗及。元代以蒙古族統一中國，長城並不為國防所重。等到朱明代興，奄有中原，逐蒙古人出長城，於是長城復為邊防，而大舉興修，此為今日所存之長城。總計西起嘉峪關，東迄山海關，全長五千餘里。據現代人統計，應該是六千七百公里。但滿清自東北入主中國，蒙人又相率內附，於是此城再度失去防衛作用，僅於各隘口設關徵稅而已。直至現代，乃做為古蹟維護，供觀光罷了。

我因為回顧史實和欣賞附近風景，耽誤爬城行程。為山九仞，功虧一簣，最後一座城臺終未走到。為趕集合時間，而後面遊伴又多循原路折返，便由近處與東山城門中間的城道下山，剛好走過一個「口」字形半圈。下山後上一道城樓，又見有「天下第一雄關」額書。為何「雄關」鬧出雙包呢？原來此為古代居庸關東西二城門，現在加以修葺如新；真正的居庸關舊關城乃在此二門之間，如今已圍起護欄，入門參觀需要另行購票。

走完東山長城下，導遊小姐想試探我有沒有流汗；我出示剛購買的T恤一件，上印著「我登上了長城」做為回應。

——原載一九九八年十二月號《大同雜誌》第八十卷第十二期

寒山寺正面。

為探詩情遊古寺

寒山寺創建於南朝蕭梁天監年間，舊名妙利普明塔院，因鄰近楓橋，曾稱楓橋寺。相傳唐代高僧寒山拾得嘗止此，後更名寒山寺。寺在吳縣西十里，坐東朝西，前臨楓江，北距楓橋不遠，江村橋（俗稱江楓橋）就在寺前；雖無山林丘壑之幽，卻具水鄉澤國之秀，為旅遊、探古之勝地。

一、古今來的爭論

或因版本不同：如唐人高仲武選編的《中興間氣集》將〈楓橋夜泊〉題作〈夜泊松江〉，

而宋代諸本，如《文苑英華》、《吳都文粹》等作〈楓橋夜泊〉，或〈楓橋晚泊〉。《全唐詩》題作「〈夜泊楓江〉，漁火，原作漁父，今從俗作漁火」。宋龔明之《中吳紀聞》將江「楓」漁火，作江「村」漁火。近有論者，據唐人選本，認為張繼夜泊地點應在松江，而非楓橋。

或因不了解吳地風物：如「江楓漁火」，一般版本都譯作「江邊的楓樹，和漁舟中的燈火」；但有人認為「江楓漁火」應該是「江楓橋的漁火」，江「楓」並非楓樹。更有人認為「江楓」應該是江村橋和楓橋兩個橋名。此外，還有人謂張繼的泊船地點應該在江村橋，亦非楓橋。另有人參照蘇州地圖，謂寒山寺前的河道，名叫吳淞江，成為入海的水道。北宋大師歐陽修更謂「夜半鐘聲到客船，句雖佳，其奈三更不是撞鐘時」，引起南宋諸大家的辯證。

或因標新立異的附會和曲解：如張詩第二句「江楓漁火對愁眠」，今蘇州寒山寺對面有「愁眠山」，說者遂謂張詩中的「愁眠」係指山名，非謂漁火對旅愁而眠。更有人認為寒山寺的夜半鐘聲，在太湖中的愁眠山，應該也能聽到。

此外，綜合資料所得：日人有三次盜取寒山寺古鐘的紀錄，且三次都已歸還。這些歸還的古鐘現在藏於何處？是再被竊或被毀？有些作者語焉不詳。按唐代古鐘歷經兵燹，早已湮沒無存，現在寒山寺鐘樓上的銅鐘，究係何時所鑄？詩碑都是原跡嗎？江村橋和楓橋究竟相距多遠？張繼泊船地點，究在何地？這些都是值得探討的問題。

二、教學、翻書與實遊

筆者在國中教了二十七年的國文，對張繼〈楓橋夜泊〉一詩，不知教了多少遍。初教時，只是就從前所知，參考課本的題解和注釋，再就坊間買來的參考書，向學生講解。後來教育部頒發有《教學指引》，報章雜誌上偶有對此詩的考證或辯論；尤其是兩岸開放探親後，實地去遊歷寒山寺的人漸多，報刊上刊載此類遊記文章亦不少。筆者歷年來蒐集到將近二十個長短篇；於是取其精粹逐年向學生補充講解，以加強深度。此後，市面上更有吟誦此詩的錄音帶和錄影帶出售，從此便配合影、音帶教學，並教導學生吟誦，上課時頗為得心應手，學生的學習興趣亦增加。惟本人始終未去過寒山寺，教學時難免是隔靴搔癢，不切實際。

一九九九年九月，筆者有機會隨團作江南七日之遊，在臺灣九二一集集大地震的前夕，我正隨團遊歷寒山寺，孰料家鄉將有大災難降臨。在將進寺門時，地陪小姐便指著寺前的一座橋樑說：「這就是江楓橋，當年張繼便是停船在這裡。」

「怎麼是在這裡？詩題上不是明明說是〈楓橋夜泊〉嗎？」我提出反駁。

「這一帶都叫作楓橋，是經過很多人的考證。」我看看江楓橋左邊下游約一百公尺處，正有一座楓鎮橋，這裡都屬於楓橋鎮。

「那麼真正的楓橋在哪裡？」

「楓橋就在右手上游不遠處。」她虛指一下說：「不過，也有人說是在楓橋的。」便忙著引導我們進寺了。在寒山寺隨團走馬看花遊了一遍，所幸買到一本由近人新著書名《寒山寺》，其中有些篇章著墨非常詳盡，對主題交代得很清楚。如楓橋的地理形勢，及古今來水陸交通狀況，使讀者容易了解；另刊有兩幅重要圖片：一為南宋紹興年間鐫刻的《平江圖》，可對宋代楓橋寺的概貌有較為形象的了解；一為近代人拍攝的楓橋鳥瞰圖，使讀者對楓橋地區的水陸交通狀況、市街分布、橋樑建設，放眼一目了然。書後並附有自唐以後歷代詩人所賦的詩篇，從詩題和詩句中也可找到有力的答案。

此外，我早購有由大陸主編、在臺灣出版的《中國文物、名勝百科全書》，書內也有對楓橋、寒山寺的概略介紹。另有清人葉昌熾所撰《寒山寺志》作參考，希望從多方面為詩情探討論證。

三、問題的辨正

從宋代石刻《平江圖》看：楓橋寺（宋代名稱）在今吳縣城外西北隅，大運河和古驛道自西北蜿蜒而來，往東朝閶門而去，至楓橋折南分出水陸兩支，陸路直行可抵山門，舟楫自運河、江楓當時可直抵寺內。

再從近人拍攝鳥瞰圖看：楓橋，在寒山寺北，距山門目測約六百公尺，在今吳縣閶闔門外西北方九里處。大運河至此分支折向南流稱楓江，經寒山寺前之江村橋，及下面不遠處之楓鎮橋，一路直流而去；南接胥江、越來溪，而注入太湖，是蘇州古城和太湖的另一北上水道。楓橋橫跨楓江源頭之上，東接鐵鈴關，西連古驛道，沿河灣成兩條市街——楓橋市街和寒山寺弄。隨河成市，因水成街，依寺成鎮，具有獨特的水鄉風韻。

由於古驛道是蘇州當時連接內地的交通幹道，正途經楓橋；而橋下的楓江，又可銜接北上運河的交通和運輸，楓橋地處水陸孔道，成為南來北往的交通樞紐，尤為商泊淵藪。行旅休憩，商賈聚集，使這裡的市井日益繁殷，當時金閶楓橋的繁華，已不亞於姑蘇城內。明・謝晉詩云：「水邊歌舞不勝春，橋下帆檣停似蟻。山寺鳴鐘知夜半，漁村月落見燈明。」從前人的詩題中，如宿楓橋、泊楓橋、過楓橋等，及南宋范成大《吳郡志》曰：「楓橋自古有名，南北客經由，未有不憩此橋而題詠者。唐代詩人張繼的〈楓橋夜泊〉，就是其中膾炙人口的詩篇。」宋代諸名家如王珪、朱長文、葉夢得、孫覿、陸游及范成大、龔明之等，眾口一詞，都將張繼的泊船地點坐實在楓橋，當然經過一番的辯證。

據考證前人詩名中的松江，並非實指吳淞江，而是借指蘇洲或蘇州近郊的河流；同理，張繼詩名亦作〈夜泊松江〉，題中的松江，也應是同樣的含義。若是將其理解為數十里之外的吳淞江，恐怕與詩中的「姑蘇城外寒山寺」，難以契合。而從前人的詩句中：如元・顧仲瑛〈泊閶門〉「楓葉蘆花暗畫船」，明・文徵明〈題楓橋〉「策策丹楓墮煙雨」，明・皇甫汸〈題楓橋〉「楓葉寒山日影斜」，及明・王登〈寒山寺〉「獨憐門外路，塵土暗丹楓」，可知古時楓橋一帶確有楓樹。因楓始名橋、名江，因橋而名鎮，自有脈絡可尋。

寒山寺經歷滄桑，屢建屢毀，寺鐘亦隨之泯滅無存。張繼詩中的古鐘，早已不見。寺志可考者：明代嘉靖年間所鑄的巨鐘，傳說「遇倭變，銷為炮」。另有傳聞，這口大鐘已流落日本。日本有關人士四處搜尋無著，乃集資仿唐式青銅乳頭鐘重鑄一口，於一九〇五年贈還寒山寺，鐘上並有模鑄日本侯爵伊藤博文所撰銘文，現懸掛於大雄寶殿后堂。清光緒三十二年江蘇巡撫陳夔龍所督造的巨鐘，據云在清末民初時為日本人勾結奸商竊去；但《寒山寺》作者卻謂現懸於寒山寺鐘樓上，顯然不符事實。一九二〇年保皇黨首領康有為遊寒山寺時，聽說寺鐘已流落日本，乃慨然奮筆賦詩云：「鐘聲已渡海雲東，冷盡寒山古寺風。勿使丰干又饒舌，他人再到不空空。」據說後又由日人歸還。

抗戰期間，蘇州淪陷，寒山寺鐘又被上海某奸商勾結日人盜去，據說是鑄新鐘換舊鐘；直到抗戰勝利後，經我政府交涉，才得以歸還；但兩次送還的寺鐘，是否為原鑄真品，且現藏於何處，尚不得而知。現在寒山寺鐘房內，陳列有四口形制各異的銅鐘，左邊三口為明清古物，皆從其他寺院移置而來；右邊一鐘，為一九九六年蘇州建城二千五百年時，由海外僑胞捐贈。至於現在鐘樓上所懸供遊客撞擊的銅鐘，究係何時所鑄，仍待考證。

上文歐陽修公曾為張詩「夜半鐘」存疑，南宋大師范成大綜合王直方、葉夢得等人的論辯，在《吳郡志》中考證：「歐陽文忠公云：『句雖佳，其奈三更非撞鐘時』歐公蓋未嘗至吳中，今吳中寺僧，實半夜鳴鐘，或謂之定夜鐘，不足以病繼也。」同時從前人宿楓橋詩亦多有夜半聞鐘聲的詩句。如南宋陸游〈宿楓橋〉「七年不到楓橋寺，客枕依然半夜鐘」，及宋孫覿〈過楓橋寺〉「烏啼月落橋邊寺，欹枕猶聞半夜鐘」可謂明證。

那麼，寒山寺現在還有夜半鐘嗎？答案是：「今也則無。」暮鼓晨鐘大概還是有的。惟現在的住持性空法師，在每年陽曆十二月三十一日午後十一時四十八分，親自在鐘樓撞鐘一百零八下，撞畢剛好是翌年元旦，可說是迎歲鐘。為什麼要撞這個數目？依照佛教說法，凡人在一年中有一百零八種煩惱，只要聞鐘聲，便可「煩惱清、智慧長、菩提生」。所以每年陽曆歲尾，前來聽鐘的信眾甚多。

作者立於「聽鐘石」。

據清、葉昌熾《寒山寺志》記載：寒山寺先後有過三塊張繼石刻詩碑。第一石刻，為宋仁宗時王郇公根據《中吳紀聞》版本，疑作江「村」漁火寫以刻石，今不可見。第二刻石，為明人文徵明所書，因迭遭劫難，殘存不滿十字，現由無錫周道振集字石刻，重現了文碑的大家風範。第三石刻，為清俞樾所書。俞樾字曲園，他在書寫張詩時，幾經猶豫。他很重視《中吳紀聞》江「村」漁火的版本；但前兩塊詩碑江下一字不可辨，然他強調江「村」古本，不可沒也。因作一詩附刻：「郇公舊墨久無存，待詔殘碑不可捫。幸有中吳紀聞在，千金一字是江『村』。」姑從今本，仍書作江「楓」。但是這塊詩碑，據某作者說，抗戰時日人盜取寒山寺寺鐘時，連這塊詩碑也一併取去。勝利後雖經我政府要求歸還；但歸還的只是兩份拓本，現一存於南京天王府西花園，一存於寒山寺。至江「村」漁火版本，據考證乃當時唐詩的異文，別無其他相同版本；而俞曲園的見解，也僅是一家之言，畢竟他仍寫作江「楓」漁火了。

民國以還，第四塊石刻，為與唐張繼同名姓的革命元老張繼溥泉先生於一九四七年所書；惟溥老於寫完此塊詩碑後，當晚即不幸中風無疾而逝！詩碑為其絕筆。第五塊石刻，為現代畫家劉海粟所書，於一九九七年剛移入碑廊，從中可以領略其書法藝術的丰采。以上五塊石刻詩碑，除首塊無存外，其餘四塊均存於寒山寺新整修碑廊中。

至於有人曲解張詩中的「對愁」，係指山名，前人早有所駁。試從〈楓橋夜泊〉全詩看來「月落烏啼霜滿天，江楓漁火對愁眠，姑蘇城外寒山寺，夜半鐘聲到客船」。此詩三句寫景，只第二句言情；若更作對山，則全詩盡是些名詞的堆砌，全無情事可言，句亦乏味，何能成為名詩名句，流傳至今。若如此，則此地另有烏啼山，詩句中烏啼亦當為山名，此皆後來好事者依詩所為，不值得論證。

四、江「楓」應是楓樹

楓橋一帶，古代有楓樹，已於上文所述。再從《寒山寺志》所載前人王昭嗣〈楓江夜泊〉：「古寺江村無十里，楓葉紛紛亂紅紫。」，及馬元勳〈楓橋〉：「秋氣入淒清，江楓照眼明。」可知江「楓」作楓樹解，應足資立論。而且江楓漁火係兩個詞組的組合，意象比較繁富，在一個離鄉久遠的旅人眼中看來——江畔的楓樹，漁舟的燈火，再加上寒山寺夜半的斷續鐘聲，難免引起愁思而不眠。何況滿天霜氣，夜已深沉，時值深秋，楓葉降紅，在漁火的映照下，特別醒目而引起離思。要知道楓橋與寒山寺尚有一段距離，如果張繼當晚泊船在寺前的江村橋，半夜聽到近處鐘聲，不但震耳欲聾，更會引起其他旅客的抗議，何來詩意可言。

張繼，字懿孫，今湖北襄樊人，唐天寶十二年進士，只做過檢校祠部員外郎的虛職，分掌財賦，事業本不得意。天寶十四年（七五五）冬，因安史之亂爆發，張繼避難南下，漂泊於江淮之間，行蹤到過吳中一帶；不久適逢當地劉展之亂，蘇州陷落後復遭官軍擄掠，生靈塗炭；他曾登蘇州城樓，俯瞰郊野，只見滿目瘡痍，感慨萬千，曾賦〈閶門即事〉一詩：「耕夫召募逐樓船，春草青青萬頃田。試上吳門窺郡郭，清明幾處有新煙。」他不但有離愁家恨，更有憂國憂民的灼熱情懷，他的〈楓橋夜泊〉也應是同一時期的作品。全詩首尾三句寫江村之景，次句言腹中之情；而言情乃在宣洩一個愁字——「何處合成愁？離人心上秋。」秋風秋夜，江畔楓紅與漁火爍動的視覺刺激，及遠處鐘聲的渾厚深沉，孤子的旅人自然愁思難眠了。

若謂「江楓漁火」，指的是江楓橋的漁火，則只有一個詞組的起興，意象比較單薄，如沒有霜降的楓紅顯明入目，詩人聽到遠處的斷續鐘聲，說不定將昏昏欲睡了。何況江楓橋只是江村橋的俗稱，就如同現有的愁眠、烏啼二山一樣，只是張詩以後好事者所命名。再說張繼當時在船上係躺著難眠，何能眺望到遠處漁火，雖然詩人可憑想像，畢竟此種解釋，總覺牽強。上文江「村」漁火，既不能立論，則江楓橋的漁火，證據顯然不足，詩境當更遜一籌了。

若謂「江楓漁火」，乃是指江村橋與楓橋之間的漁火，則詩人夜間所視，範圍較為廣泛，滿江的漁火，明亮照耀，找不著聚光的焦點，難免引起他的焦躁不安，這時不但不能成眠，說不定詩人要秉燭夜遊了。更何況從現存宋代石刻《平江圖》看來：圖內有楓橋而無江村橋。據《寒山寺志》謂，楓橋建橋應在寒山寺建寺之前。從前由楓橋南下的舟楫，可經南門而駛入寺內，寺內有橋；而寺前圖示只是一片樹林，河道對岸並無橋樑可通。江村橋建橋之時代已不可考，其橋名之出現，首在清人所撰《寒山寺志》志橋篇，與《平江圖》同時問世的《吳郡志》當亦無江村橋之記載。宋代寒山寺前既無江村橋，則唐代自然無橋了。據此：「江楓漁火」作「江楓橋的漁火」，或「楓橋、江村兩橋樑間的漁火」的解釋，當不攻自破了。

——原載二〇〇〇年二月一日《中國語文》第五一二期

左為岳飛墓，右為其子岳雲墓。

青山有幸埋忠骨

「青山有幸埋忠骨，白鐵無辜鑄佞臣。」

這是西湖岳飛墓前墓闕兩側的一副聯語。青山，指的是杭州棲霞嶺下這塊改葬岳飛忠骸之地；而佞臣乃是指秦檜和妻王氏、万俟卨及張俊等四個鐵鑄的千古罪人。

數百年來，國人因痛恨這四個謀害岳飛的奸兇，凡來此參觀、憑弔的遊客往往要擊打鐵像以洩憤，以致鐵像常常破爛不堪，甚至鐵頭落地；但是鐵跪像屢毀屢鑄，幾無間斷。現在經設置護欄，阻止遊人捶打，才得以倖存。

據說在某次鐵跪像重鑄之後，曾有無名氏

左跪者為秦檜妻王氏，右跪者為秦檜。

創作一聯分別掛在秦檜夫婦的脖子上，表演夫妻相罵：

「咳，僕本喪心，有賢妻何至若是；（秦檜）啐，婦雖長舌，非老賊不到今朝。（王氏）」

此四具鐵跪像，赤身反翦雙手，一直跪在岳飛墓前，遭受日曬雨淋，任人唾罵。清朝有位秦澗泉狀元遊岳廟時，曾有一聯云：「人從宋後少名檜，我到墳前愧姓秦。」不但這位秦狀元如此，據說秦檜家鄉江蘇省江寧縣銅井鄉的秦姓子孫，因受不了後人對其祖先的唾罵，紛紛遠走他鄉，而留下的則都改姓徐，以致秦檜老家現在之銅井鄉牧龍村無姓秦者。祖先做壞事太毒，後人也引以為恥。

四具跪像前方不遠處，便是岳飛墓。岳墓

左跪者為万俟卨，右跪者為張俊。

坐西朝東，圓形拱頂，下用條石圍砌，上封土植草，墓園四周古柏青松，交相輝映，墓前立「宋岳鄂王墓」石碑。鄂王，係宋寧宗對岳飛所追封的謚號。墓前兩側柱聯為：「正邪自古同冰炭；毀譽於今判偽真。」左右各置石像生三、石獸各一，中為平坦祭臺。其長子岳雲墓，即在其父墓左前側，規模略小，墓前立「宋繼忠侯岳雲墓」石碑。岳雲在抗金戰爭中，戰功卓著，有「贏官人」的稱號。父子二人同被謀害，都贏得後人的敬仰和崇拜。

在岳王廟內的門額、殿壁、楹柱和照牆上到處可見追頌岳飛的聯語和題字；尤以啟忠祠和南北碑廊上刻載岳飛的忠勇偉蹟為多。入門處為「碧血丹心」石牌坊，前有廣場，稍走不多步，即為岳王廟門樓，雕梁畫棟，金碧輝煌，為清代重檐式建築，上書「岳王廟」三字鎏金豎匾。兩側柱聯為：「三十功名塵與土，八千里路雲和月。」乃岳飛〈滿江紅〉詞中的對句，道盡他在抗金十年中的戰陣辛勞。穿過門樓後為岳廟內景，仰視古木參天，有百年樟樹，屹立巍峨，綠蔭遮空，景色森茂，可為岳廟歷史滄桑的見證。

由門樓走過青石板甬道，即為忠烈祠正殿，額書「心昭天日」四字橫匾，取材自岳飛被害前在獄案上手書「天日昭昭、天日昭昭」所表明的心跡。殿內正中，是身披紫色蟒袍的岳飛戎裝座像，右手握拳、左手按劍，威武莊嚴，令人肅然起敬。座像上方懸有相傳為岳飛手書的「還我河山」草書巨匾。左右殿壁上另懸有眾多匾聯，係出自當代名家之手，或為舊聯重書，或為新撰，如「精忠報國」、「碧血丹心」、「浩氣長存」等，尚有各種彩繪和壁畫，如「岳母刺字」、「郾城大捷」、「風波冤獄」等，從各個不同的角度來追頌這位民族英雄。觀後令人感傷追恨，使我想起南宋名儒趙孟頫的詩句：「……英雄已死嗟何及，天下中分遂不支。莫向西湖歌此曲，水光山色不勝悲。」使人神情黯然。

忠列祠前尚有東西二廡：東廡祀烈文侯張憲；西廡祀輔文侯牛皋。兩人均在抗金戰役中，驍勇善戰，為岳飛得力助手。前者與岳飛父子同時遇害；後者在岳飛蒙冤後也被毒死。英靈正氣，同受後人敬仰。

過忠烈祠西為啟忠祠，原是祀奉岳飛父母的祠宇，現闢為岳飛紀念館。館內有三個展覽室，收集、整理展示有關岳飛的史實和資料，內容豐富，一時瀏覽不盡。

在岳墓前的甬道兩側，有南、北碑廊，共陳列一百二十多塊歷史碑刻。北碑廊陳列為岳飛的詩詞、奏札、手書和岳飛畫像碑。最著名的為明人趙寬所書岳飛兩首〈滿江紅〉詞碑。前一首「怒髮衝冠，憑欄處，瀟瀟雨歇……」為一般人所習唱；後一首「嘆江山如故，千村寥落，何日請纓提銳旅，一鞭直渡清河洛……」原題為〈登黃鶴樓有感而作〉。〈滿江紅〉詞乃岳飛的代表作，它淋漓盡致地抒發了岳飛的愛國情懷，和收復中原的雄心壯志。

南碑廊陳列為自南宋以來歷代人們拜謁岳飛墓廟的碑記，以及宋高宗給岳飛的御札碑。他當時稱讚岳飛「公爾忘身」、「征馭良苦」、治軍「紀律嚴明」，曾手書「精忠岳飛」四字，製旗以贈，對岳飛相當倚重。

另有南宋各朝對岳飛的追復賜謚等文告碑。其中有明朝蘇州名士文徵明的〈滿江紅〉詞碑：「……千古休誇南渡錯，當時自怕中原復。笑區區一檜亦何能，逞其欲。」寓意深刻，一針見血地指出宋高宗趙構才是殺害岳飛的真正元凶。

由岳墓出來，在陵園的甬道東盡頭有一照壁，上刻「盡忠報國」四個大字，字徑約一丈多長，為明代莆田洪珠的手筆，取材自岳母刺字教忠的故事。岳飛當年被誣控以謀反罪受審，他在獄案上憤而露出背上母親所刺此四字懿訓，以明心志。有位主審官見後大為感動，知道這是一件冤案，連夜攜眷逃跑；此一悲痛史實，記載在《宋史・何鑄傳》上。可憐的岳飛就在「莫須有」的罪名下含冤而死，千古同悲。

——原載二〇〇〇年四月九日《青年日報》

西湖岳王廟。

欲把西湖比西子

「欲把西湖比西子，淡妝濃抹總相宜。」

這是蘇東坡為杭州太守時，所作〈湖上初雨〉詩中後兩句。因此，西湖又被稱為西子湖，而他在湖中所建築的長堤，後亦尊稱為蘇公堤，「蘇堤春曉」在西湖十景中名列第一。

西施是我國第一大美人，西湖是我國第一大美景。古人說：「人謂要識西子，但看西湖；要看西湖，但看此詩云爾。」到底西施有怎樣地美，我們後代人無法欣賞到；但西湖近在國內，也一直沒機會去遊歷。小時讀蘇軾的這首〈湖上初雨〉，對西湖的美麗景色，也只有空自嚮往而已。一九四九年四月，我隨軍車抵杭州對面的蕭山，登高遠眺西湖，僅錢塘江一橋之隔，因軍情緊急，隨時都要準備開拔，買好過江車票，臨時又折返待命，終致未能過江一遊，一直引以為憾。

蘇東坡這兩首絕句，原題作〈飲湖上初晴後雨二首〉，照詩人的賞湖情趣；晴天的西湖，波光閃動特別美好；雨天的西湖，山色空濛，也有它美得出奇的一面。而詩人當天遊湖時，是先晴後雨，西湖的水光山色，皆能飽覽無遺。天然妙境，造化神工，不追尋而自遇，不雕琢而自成。

事實上，遊覽西湖景色，不但是晴雨皆宜，而是朝夕、四季、遠近高低、耳聞目睹，都能欣賞到她各種美好的一面。

我那次隨團遊歷西湖，在早上參拜岳王廟、再遊覽靈隱寺時，不慎因購書掉隊。遊大陸而脫離團隊，安全上將是一大問題。先是在大門口原地久等，後來又下山到停車場趕車，但兩處都失之交臂。情急之餘，只好搭環湖公共汽車，希望能在西湖某一景點碰上面。先前我可以藉步行上下山，多瀏覽西湖附近一些山色，尤其是細賞飛來峰與冷泉亭看看他們的真山實水。

坐在公車上，每到一景點，車上有播音介紹——先是「曲院風荷到了！」乍見西湖水色，眼睛忽然一亮。想到柳永〈望海潮〉詞中的「重湖迭巘清嘉，有三秋桂子，十里荷花，……」多麼富於詩情畫意的美景，我可以恣意流連了。車子沿西山路與湖中蘇堤平行南下，接著是「蘇堤春曉到了！」……「花港觀魚，就在蘇堤的旁邊，」……「向左看，湖中的小瀛洲，那不是三潭印月嗎？」就這樣每到一景點，一直介紹下去。我人地生疏，好比失群孤雁，既不能下車尋伴，又不便久待車上，美景當前，目不暇給。像這樣一路播報下去，無法下車細賞，真有如走馬看花。不多久，車過南山路，又播報「柳浪聞鷹到了！」記得隨軍駐寧波時，曾看過這部影片。左看湖濱，只見柳浪，未聞鶯啼。心中暗自盤算，今天一人遊西湖，重點除遊湖外，要去看「斷橋殘雪」和蘇、白二堤；於是就在湖東渡船碼頭前下車，胡亂找一家飯館填飽肚子，就去看斷橋遺跡，暫不去研究斷橋的歷史，僅是民間故事《白蛇傳》的「斷橋會」，早就印在腦中。此地是白素真與小青「遊湖借傘」、許、白二人定情之處，必須仔細端詳，最好能尋到杭州當年許仙開生藥鋪的地方。

那天天氣晴朗，斷橋上遊人甚多，大家都忘不了《白蛇傳》的故事。因此，遊斷橋便使人聯想到雷峰塔，那是法海和尚鎮壓白素貞的地方。戲中的驚變、盜草及至合缽、祭塔等情節，頗能賺人眼淚。

從斷橋向北看，保俶塔正矗立寶石山頭，乃現闢為新西湖十景之一的「寶石流霞」。此塔秀致天成，娟娟而立，無論蕩槳湖上也好，迤行湖濱也好，都能看到她的倩影，成為西湖最顯著的標誌。而且在寶石山上觀賞海日之流霞，是湖上四時幽賞之一。當時竟有遊人誤指那是雷峰塔。我說，雷峰塔在湖的南岸南屏山上，早在一九二四年九月倒塌了，過去與保俶塔南北矗立媲美，現在只能憑弔它的遺址了，如想要聽到該處的「南屏晚鐘」，也需要等到傍晚時分；正好與前面白堤的「平湖秋月」與湖中的「三潭印月」一同欣賞。中秋節將屆，皓月當空，可往「山寺月中尋桂子」，一舉可欣賞許多名勝，時間上更划得來。

遊完斷橋後，順路向白堤前進，想到孤山憑弔劍湖女俠秋瑾墓，和林和靖放鶴亭的遺跡，還有當年油壁香車的蘇小小墓不也在那裡嗎？由於前人一句「山外青山樓外樓」的詩句，西湖竟有「樓外樓」和「山外山」餐廳及「天外天」的景點。地方人各出巧招，耍盡噱頭。白堤上桃柳成行，芳草萋青，環顧群山含翠，湖水漾碧，如在畫中遊。難怪白居易有詩云：「未能拋得杭州去，一半勾留是此湖。」他卸任臨去時，還有一首思湖詩：「一片溫來一片柔，時時常掛在心頭。痛思捨去終難捨，苦恨丟開不忍丟。……」送行人還以為是他的情詩哩。

當時，本想走過孤山，經西泠橋南繞，去遊賞蘇堤，又恐碰不上遊伴；只好折回碼頭去作水上之遊，到西湖不遊湖，等於白來一趟。此時天朗氣清，正是水光瀲灩晴「方」好，坐在畫舫上，雖無人羌管弄晴，也未見蓮娃釣叟；但隨船蕩漾湖心，三面群山在望，兩峰、三竺及鳳凰、吳山諸峰，層巒疊嶂，若雙龍合抱般，谿谷流注，始匯為山明水秀的西湖。展望蘇、白二堤，將西湖劃為五大湖面，而前面的小瀛洲，更是島中之島，湖中之湖；與湖心亭、阮公墩，均精小而美，點綴湖中，益增形勝。三潭印月之三小石塔，遠望如小筏停航，浮出水面；如在夜間遊湖，有燭影月光，更增「片月生滄海，三潭處處明」的雅趣。

遊完湖，在蘇堤碼頭上岸，初登堤面，只見一條綠色長廊，桃柳垂拱，四時花木，間植兩旁。時序仲秋，秋陽溫順，六橋煙柳，恬靜幽雅，風拂柳絲婀娜，如青煙、若綠霧，雲樹繞堤沙，仍有蘇堤「春」曉的境界。鎖瀾橋之西，正是「花港觀魚」景點，全園有紅魚池、牡丹園及大草坪，綠草如茵，游魚可數，園內植物，配置極為精緻。

在蘇堤向北漫步，人行名橋之上，左右景觀不同，遠山近水，秀碧清悠，觀賞不盡。本擬走到盡頭，去遊賞「曲院風荷」——「接天蓮葉無窮碧」的綠趣；然一人獨行，踽踽涼涼，仍念念不忘尋伴。想起上午在斷橋時，曾有一妙齡女郎，兩次兜我雇車遊湖，基於安全顧慮，為我婉拒，仍心存戒懼。於是折返南行，走不多遠，忽見一群遊客，迎面自遠而近，漸至能認清面目，果然是我的救星來了，真是喜出望外。講完一番尋伴之苦後，重新遊湖行列；只是所遊景點不多，復不及一人漫遊盡興。我有機會獨自飽賞西湖秀色，未嘗不是拜一時失群之賜。

——原載二〇〇〇年五月二十三日《金門日報》

周庄沈廳

繁華事散廳猶在

——記遊周庄沈廳

小時候聽人家說，江南有位富豪，家中藏有一具「聚寶盆」；因此，財源不竭，富甲天下，引起一般人的好奇與歆羨。後來讀小說《金瓶梅》，見書中主角潘金蓮說了一則諺語：「南京沈萬三，北京枯樹灣——人的名兒，樹的影兒。」一時隔數百年後，前年我隨團旅遊北京，詢問地陪小姐「枯樹灣」在何處？她搖頭不知，遑論看到枯樹的影子。去年我又隨團旅遊南京，卻沒有聽到再有人提到「沈萬三」的名字。——古樹枯萎、繁華事散，徒留給後人空自憑弔與感嘆。

沈萬三何許人？就是上文所謂家藏「聚寶盆」的富豪。沒想到這次我隨團旅遊江南，卻在無意間來到沈萬三的家鄉和其發跡地——江南水鄉周庄。周庄地處今上海市青浦縣和江蘇省吳江市、昆山市的交界處，屬江蘇省昆山市管轄。四面環水，交通發達，藏在澄湖、白蜆江、淀江湖和南湖的懷抱之中，有中國威尼斯之稱。有人說，黃山集中國山川之美，則周庄便集中國水鄉之秀。去過周庄的旅客，以前只知道俗諺「上有天堂、下有蘇杭」，現在卻讚嘆「中間還有個周庄」，可見一般人對周庄景物評價之高。

周庄，建築有九百多年的歷史，百分之六十以上的民居，是明清和民國時期的建築，百分之九十以上的居民臨河瀕水，於是造就了過街騎樓、水閣、水牆門、旱踏渡、和長駁岸、河埠廊坊、穿竹石欄、走馬堂樓及水巷幽弄等極有水鄉特色的建築。市鎮前街後河，往往「橋從門前進，船自家中行」，呈現出極為奇特的藝術結構。

周庄，由南北市河和兩旁街道所組成，有橋樑十餘座，以「雙橋」最為別致，青年畫家陳逸飛以雙橋為背景，一幅油畫——「故鄉的回憶」，更使周庄揚名國際。由於周庄水鄉之秀，國內外名畫家、攝影師均紛紛來此寫生和攝影，電影製片也率團來此出外景，拍出許多有名的電影，而遊客更是川流不息。

來到水鎮，首先映入眼簾的，是一面「貞豐澤國」古牌坊，貞豐是此地古名，澤國即水鄉之意。她以悠遠的傳統、淳樸的民風、古老的建築、清澄的河水和處處充滿高度藝術價值的景物，成為一方極有誘惑力的旅遊勝地。值得參訪的有建築古老、精緻的周庄四廳——章廳、迮廳、張廳和沈廳。前三廳為明代建築，沈廳乃在清代建成，均有悠遠的歷史，而以沈廳的主人最富傳奇色彩。

沈廳，原名敬業堂，清末改為松茂堂，由沈萬三後裔沈本仁於清乾隆七年（一七四二）建成。據《周庄鎮志》記載：沈本仁早歲喜歡邪遊，所交者皆為匪類。及父歿，人有言，不出三年，必傾家者。本仁聞之，乃置酒，召諸匪類飲，各贈以錢，而告之曰：「我今為支持門戶計，不能與諸君遊也。」於是痛改前非，專心經營農業，於所居大業堂側拓創敬業堂宅，廣廈百餘椽，良田千畝，遂成一鎮巨室。看來沈本仁發憤耕耘，振興家業，可謂「浪子回頭金不換」，尤其建成了頗具規模的沈廳，不但為祖先爭光，也為國家社會保存了文化遺產。

沈廳位於富安橋東堍南側的南市街上，坐北朝南，七進五門樓，大小共一百多間房屋，分為三部分組成。前部是水牆門和河埠，專門供家人停靠船隻、洗滌衣物之用，為江南水鄉的特有建築。中部是牆門樓、茶廳、正廳，是接送賓客、辦理婚喪大事和議事的地方。後部是大堂樓、小堂樓和後廳屋，為生活起居之處。整個廳堂是典型的前廳後堂的建築格局。前後樓屋之間，均由過街樓和道閣連接，形成一個環通的走馬樓，為同類建築所罕見。

沈廳中，還模仿當年的生活狀態，布置了小姐的閨房、繡樓，有手工精細的木雕和人物造像。陳列出大戶人家的廚房用具和喜慶家宴的菜肴；以及各種文物展覽室，包括書畫、攝影、古玩、陶瓷器等藝術文化作品，供人參觀。在第五進中，安放有老主人沈萬三的坐像，面前就擺有一具金光閃閃的聚寶盆，引起遊客的審視與好奇。另外引人注意的是，大廳中左右上方樓壁上有兩塊大洞，用活動木板遮蓋。據說是供主人千金小姐，從樓上窺視相親之用；而樓梯口晚上要用大木板堵住，以防閒人出入，把閨房小姐關得緊緊的。

飲食方面：周庄人講究喝「阿婆茶」，很磨時間；此外尚有萬三蹄、萬三糕和蜆江三珍；至於使得晉朝周庄人張翰辭官歸隱的所謂「蓴鱸之思」——蓴菜鱸魚羹等美味；除當天嘗過不肥不膩、肉質酥鬆的「萬三蹄」以外，其他都沒有機會享此口福。

其實，沈萬三的財富，並非真的得自「聚寶盆」，據專家們分析：他是憑著其父沈祐的基業，墾殖農業為根本，再從蘇州巨富陸德原處，因代為經營酬勞分得一大筆資財，然後以江浙一帶的出口貨物從事海外貿易。再憑他善於理財的手法，所謂「長袖善舞，多財善賈」，一面經商拓業，一面購置田產；於是錢滾錢，地加地，以致「資巨萬萬，田產遍於天下」，成為江南第一富豪，富得連明太祖朱元璋都眼紅了。

明太祖要修南京城牆，他願意助築都城三分之一。相傳還以龍角貢獻，並獻有白金兩千錠，黃金兩百斤，甲士十人，甲馬十匹；自己還在南京建廊廡一千六百五十四楹，酒樓四座等等，耗資甚鉅。雖然朱元璋封了他兩個兒子為官；而他卻口出大言，想代皇帝犒賞三軍，因此，得罪了朱元璋，被發配雲南充軍，以致老死他鄉。沈氏家族失去了當家人，富氣也減去了一大半。接著其第二個女婿余十舍，也因獲罪被流放潮州。

沈家第二次的打擊，在明洪武十九年，沈萬三的兩個孫子沈至、沈庄又先後為逃避賦役而入獄，沈庄當年就死在牢中，沈家的基業就這樣從根本被動搖了。

第三次打擊，在明洪武三十一年，因涼國公藍玉案起，沈萬三的女婿顧學文因奪人之婦，被仇家懷恨誣告通謀，沈萬三之子沈茂、曾孫沈德全等也受株連，以致被沒籍田地，或遭凌遲，或被充軍，此次，沈氏家族有八十餘人被殺，實在很慘！

經過此三次打擊，沈萬三苦心經營的巨大家業，即急劇地衰落了。幸經其後裔沈本仁一度丕振家聲，購置田畝，建此沈廳，留給後人懷念；惟周庄賴沈氏父子的開發與經營，始得以繁華至今，地方人仍十分懷念沈萬三的。

——原載二〇〇〇年六月十六日《金門日報》

碩果僅存的「漢陽樹」。

漢陽樹與鸚鵡洲

昔人已乘黃鶴去，此地空餘黃鶴樓。
黃鶴一去不復返，白雲千載空悠悠。
晴川歷歷漢陽樹，芳草萋萋鸚鵡洲。
日暮鄉關何處是，煙波江上使人愁。

——唐・崔顥〈黃鶴樓〉

遊歷過武昌黃鶴樓的人，每在登樓望遠，越過浩瀚的長江，便會看到對江漢陽的景物；那麼崔顥這首題黃鶴樓的律詩，自然會油然想起；尤其對頸聯「晴川歷歷漢陽樹，芳草萋萋鸚鵡洲」，描寫實景的對句，在吟誦之餘，總想與實際情景相對照。

依照當時長江兩岸的情勢，詩人以敏慧的眼光，站在黃鶴樓上，正是晴朗的天氣，江水清明，映照著漢陽的樹木，漢水滔滔南下，長江滾滾東流，片片江帆，斜陽芳草，多麼富於詩意。因此，題壁詩便信筆寫來，成為千古絕唱。就因為崔顥這句名詩，後人在龜山下面禹功磯上，建有一座「晴川閣」；雖然幾經興廢，現在又在原址上重建。如果您乘船沿江上下，在武漢長江大橋北岸的江濱，晴川閣的風貌，便清晰可見——倚巍巍之青山，瞰浩瀚之大江，氣勢磅礡，挺拔壯觀，早有「楚國晴川第一樓」和「三楚勝景」的美譽。而旁邊更有一座矗立的晴川飯店，已成為武漢三座高大建築物之一，成為漢陽的地標，與黃鶴樓、龜山電視塔，相互媲美。

可是漢陽樹呢？當時詩人遠眺的漢陽，是晴川歷歷，樹影婆娑，詩人才能就景取材，成此佳句。可是現在呢？在黃鶴樓遠眺的對江，當時的樹木，已為高樓大廈所取代，市廛櫛比，車輛奔馳，無復當年景象。我在遊覽龜山公園初上山坡時，尚見有一些稀疏細小的樹木；每次乘車穿過長江大橋時，在北端引橋龜山西側，也見有一些矮小的叢林，我想：這恐怕就是崔顥詩中「漢陽樹」的遺跡吧！

一九九九年十月間，我在武漢待過一段時間，閒時除逛街外，便是去遊賞附近風景區，如龜、蛇二山公園、古琴臺、東湖等地，黃鶴樓已去過數次了。一位朋友對我說：「漢陽樹您去參觀過沒有？這是一棵自唐代以來一千多年的古樹，不可不看！」

「漢陽樹在哪裡？是崔顥詩中的古樹嗎？」

「上月底，在武漢某報有專欄介紹，詳細地點我不記得，您去找當天報紙看過就明白。」

當天的報紙我沒有找到，在武漢地圖上的景觀，也細尋不著；於是我跑去請教一位久住武漢的朋友，無奈他也茫然不知；後經他輾轉探尋，隔天告訴我說：「漢陽樹就在漢陽公園。」

漢陽公園，在武漢地圖上也找不到。再經打聽，謂可從漢口坐公共汽車在漢陽鍾家村前一站下車便到。

轉了一次車，到了漢陽公園，進去一人獨逛，我想總會找到那棵樹吧！可是走遍全園，竟無標示那棵有名的古樹。後來在一小池旁見有兩位長者在此閒聊，看來像是知識分子。

「請問『漢陽樹』在哪個方向？我是專門探古來的。」我很禮貌地問他們。

「噢？『漢陽樹』不在這裡呀，」他用手指著：「你出公園大門過街後向左轉，走不多遠進伯城巷便可找到。」

我穿街過巷，在伯城巷內徘徊尋找，再問到進入鳳凰巷，在十二號門牌處上書有「漢陽樹」三個大字，庭園好像新修，目的地就在眼前；但大門上鎖，不得其門而入，然漢陽樹已枝幹出牆，看來枝葉繁茂，就是無法得窺全貌。轉身一看，巷內還有「漢陽樹旅社」，以廣招徠，可能整修不久等待開放哩。

我站在鄰家一短牆上向內窺視，看來這棵樹將近三層樓房高，上身枝幹歧出繁多，樹葉纖細茂密，葉呈褐黃色，開細白花，但不知究為何種品種。攝影只能照到上半身，下半身亦無法全部看到。如果從樹粗來計算年輪，一千年以上應該有的吧！據說從前為一大戶人家所有，後來因時局沒落，地方政府收歸公有，作為古蹟景點開放參觀。地點恰在龜山西側與現在鸚鵡洲之間，我們就看做是崔顥詩中「漢陽樹」碩果僅存之一吧！只好姑妄言之姑信之了。

那麼，鸚鵡洲呢？究在何處？一般唐詩注解：有謂在今湖北省漢陽縣西南長江中；有謂在今湖北省武昌縣西南大江中。經查考：古時的鸚鵡洲靠近武昌江邊，因東漢末年文士禰衡在此作〈鸚鵡賦〉而得名。據《湖北通志》及《輿地記勝》等書記載：洲的南端在鲇魚口，北端在黃鵠磯前。在唐、宋時期鸚鵡洲繁華熱鬧，盛極一時，和黃鶴樓一樣是文人墨客必遊之地。該洲據說被江水沖刷，日漸縮小；到了明代末期，洲面竟被江水沖沒。後來又逐漸淤積出水，與漢陽城南陸地相連；到了清康熙末、雍正初年，鸚鵡洲又漸沒江下；但漢陽此一地段，至今仍保留有鸚鵡洲之名，然乃是陸地，是否又是新浮起的呢？

我幾次從漢口乘車過長江大橋到武昌，途經龜山西側，總愛轉頭向右看，想探視一下原來芳草萋萋的鸚鵡洲；但滄海桑田，星移物換，只見滾滾江流與繁華市面，空起悠悠思古之情。後來細閱武漢市交通旅遊圖：原來現在鸚鵡洲就在漢陽城南攔江堤外靠江邊一大片扁長之地，北端有鸚鵡花園、鸚鵡小道，從鍾家村一直通到洲底為鸚鵡大道。洲內鐵路、公路交錯縱橫，並設有工廠、商團、碼頭、港泊和住宅區，僅南端一隅圖示為「鸚鵡洲」，其北端已規畫為長江隧道之起點；南端不遠處，將建築「武漢長江三橋」，儼為一新興工商業地區，何來萋萋芳草，僅徒有其名而已。

——原載二〇〇〇年七月一日《中國語文》第五一七期

登上中山陵，要步上三百九十二級石階。

參謁中山陵

參謁中山陵，是我從小的宿願。這次有機會隨團旅遊南京，而中山陵又是旅程中的重要景點，心中不覺暗自高興。那天上午在微風細雨中，車抵陵園大門前廣場，下車向上張望，高山仰止，除陵園占地廣闊由南往北逐級升高外，只見滿山綠樹蔥翠，難望崖際；雖天氣欠佳，仍不減參觀人潮，想照張相留念，並不很容易。

中山陵在南京東郊鍾山南麓，鍾山亦稱蔣山或紫金山。一九二九年六月一日　國父孫中山先生靈櫬自北平移靈奉安禮葬於此。偉人勝地長眠，千秋萬世，供人瞻仰憑弔。陵園占地約二千餘畝，陵墓呈木鐸式，依山而築，由下寬而逐漸上窄。依次為牌坊、墓道、陵門和碑亭、平臺，最後是祭堂及墓室。墓室海拔一五八米，從墓道入口至墓室平距七百多米，高差七十米，共有石階三百九十二級，由當時中國青年工程師呂彥直所設計。墓園前臨平川，後擁青嶂，佈局嚴整，氣勢雄偉，具有我國傳統的民族風格。

去大陸旅遊，各地地陪皆由彼岸旅行社所調配；因此講話口吻，每站在大陸政府立場，和一般民眾一樣，對　國父皆直稱其名。難得這次南京地陪小謝，竟和我們一樣，尊稱中山先生為國父；而且對　國父哲學思想、革命歷程和陵園設計，有一般水準的了解。他從陵園大門口陪同我們一直走到碑亭，沿途介紹講解，並站在奉安紀念碑旁，向上方介紹平臺、石階設計為止，皆不厭其詳；當然有些內容是作為一個　國父信徒早該了解的。難得的是，這位地陪先生此次還有一件特殊說明，可代向全國同胞闢謠。數年前，臺灣報紙曾有報導：謂中山陵的國父遺體早已不見，很喧騰一陣子，國人不知真假，以後亦無人再提。現在如果聽到這位地陪的說明，大家便可以釋懷了。

從小就聽說　國父的遺體是經過防腐的，可以永遠不壞；但中山陵歷經浩劫，國人皆深為　國父靈櫬安全擔心。日人占據大陸八年，未敢對中山陵有所冒犯；紅衛兵造反，也只將奉安紀念碑仆倒在地。據地陪說；抗戰時南京被日人占領前，政府擬將國父靈櫬遷往安全地帶，以防日人破壞；但因石壙建築堅牢，無法施工，如作小規模爆破，又恐傷及遺體，以致未能遷離。終因 國父偉大人格的感召，兩次劫難，中山陵皆安然無恙。我想這位地陪的說法，應該是可以相信的。

陵園大門牌坊，藍瓦白牆，並排有三道圓拱門，額書「博愛」二字，象徵 國父救國救民無所不愛的偉大胸懷；但與當年奉安時空中攝影圖片，而是四柱參差並立、三道磚瓦橫樑的簡單造型較為亮麗美觀，想係後來新修的。入牌坊後，循墓道前進，逐級上升，兩旁林木蓊鬱，在陰雨中益顯青蔥翠綠。不多久即到達陵門，陵門建築圖式和前面牌坊相似，額書「天下為公」四字，為國父建設大同世界的首要目標。陵

中山陵，國父陵寢紀念碑。

門前有小平臺，兩旁翠柏簇擁，和階下各色花卉，互相媲美。此後，坡道漸高，距碑亭不過百公尺。碑亭，即奉安紀念碑安放處，為一小型藍瓦白牆建築，中立石碑，碑面刻有：「中國國民黨葬總理孫先生於此。」兩行十三個楷書金字，旁款「中華民國十八年六月一日」。聞此碑曾被紅衛兵破壞過，後經修復髹漆如新。

過碑亭後，視野廣闊，偉人墓室近焉。向上望木鐸式的寬大石階，分道逐級遞升，兩層大臺階中間是「平臺」。設計者匠心精巧：即參觀者站在臺階下向上望，看不見平臺；迨站上平臺後向下看，卻不見一層臺階，所看到的只是一片坡道而已。平臺下為較寬五道臺階，代表五權憲法；平臺上為較窄三道臺階，象徵三民主義，圖案深具內涵。陵墓附近還有音樂臺、光華亭、水榭等輔助建築，蒼松翠柏，滿山碧綠，肅穆而清幽。

上完兩道大臺階，走完三百九十二級石階，很要費一些力氣。迨喘氣稍定，祭堂便在面前。祭堂和墓室相連為陵園的高大主體建築，上蓋兩層藍色琉璃瓦，左右兩道白牆，下為三道圓拱門，莊嚴雄偉，上書「祭堂」二字，下有「天地正氣」橫匾，及「民族、民生、民權」六個並排大字。整個陵園建築圖案相似，磚瓦色彩相同；只是高低、大小、深度有所參差而已。

祭堂中間有　國父石雕全身坐像，態度從容鎮定，高約五公尺。筆者入室後先向坐像行三鞠躬禮，然後再瀏覽室內文物。祭堂左右壁刻有　國父遺著《建國大綱》二十五條，右牆為前十二條，左壁為後十三條，另有其他革命事蹟浮雕。祭堂後面便是墓室，入室須經過兩道銅門，上書「浩然正氣」四字。墓室為球狀結構，正中是圓形大理石壙，中間是長方形墓穴，上有石棺，棺上鐫有　國父長眠臥像，瞑目直躺，兩手互覆胸前，儀態自然而安詳。臥像下面深處，即為　國父紫銅棺內遺體了。室內四周皆用妃色人造石鑲壁，空無一字或雕飾。據說以前刻有先總統　蔣公所書〈總理訓詞〉，文革時已為紅衛兵所塗毀。所幸室頂尚留有藍白圖案的國民黨徽，不！還有滿地紅，應該是中華民國國徽才是。

我肅立石壙邊緣，對著　國父靈櫬，再深深三鞠躬，低回不忍離去，默唱讀小學時便熟記的《總理紀念歌》。（注：中山先生是中國國民黨的永遠總理，民國二十九年三月國民政府訓令全國同胞尊稱為國父。）

「我們總理，首創革命，革命血如花。推翻了專制，建設了共和，產生了民主中華。……」默唱到：「三民主義，五權憲法，……」時，不覺一陣感傷：想到兩岸分治了五十多年，無法完成統一，三民主義無法實行於大陸，但在臺灣已開花結果，為世界各國所稱頌。惟民權在臺灣太過膨脹，以致產生許多反效果，為　國父始料所不及。所最痛心者：曾號稱是實行三民主義模範省的臺灣，現在竟然廢考三民主義了。廢考便無形廢教，教材縮水後溶化。若干年後，我們的下一代，將不知三民主義為何物。　國父在天之靈，想必比我們更為痛心。領袖諸公、黨國大老，諸位的看法如何！

——原載二〇〇〇年三月五日《青年日報》

大成至聖先師孔子墓。

瞻謁孔子墓

肅立在孔子墓前，我向至聖先師恭謹三鞠躬。小時讀私塾，須先磕頭拜聖人，然後再行拜師禮，以伸尊師重道之儀。當時就想如果真能到聖人墓前磕個響頭，祈求聖人給我智慧，我一定會聰明些。感謝兩岸開放探親和參訪，到老年我才能實現此一願望。所以我此次參加退休同仁曲阜謁孔之行，是以朝聖者的心情，實現了數十年來瞻仰我國這位偉大思想家、政治家、教育家和儒家學說創始人墓地的宿願。

在同行者尚未到達墓地之前，我便先找到孔子墓；但因謁墓的遊客在墓前來來往往，我無法實地磕嚮頭；但能有較多時間瞻望墓地景觀，直到同仁們均已轉換景點，我仍低回良久，不忍離去。

史載孔子歿後葬魯城北泗上，就是現在的墓地。由於林地面積歷代逐次擴充，由漢時一頃，增至現在的三千畝，後葬者墓冢點點，林木蒼蒼。現有古樹名木多達十萬餘株，而墓冢亦多達十萬座以上。名稱由古代的孔里，後來的至聖林，現稱孔林。

孔子墓坐北朝南，後有泗水，前有洙水，均東西流向。春秋時孔子講學於洙泗之間，後人以洙泗作為儒家的代稱。——洙泗書院就位於孔林東北一公里處，舊名先師講堂，後改今名。

孔子墓高六公尺二，周長八十八公尺，墓背隆起，冢上細草蔥綠，高度狀似馬背，稱為馬鬣封，是一種特別尊貴的築墓形式。墓前高大的石碑，篆書「大成至聖文宣王墓」，係明正統八年，五十九代衍聖公孔彥縉所立，由書法家黃養正所書。細看大碑後還有一小碑，陰刻篆書「宣聖墓」三字，乃南宋淳祐四年五十一代衍聖公孔文措、為防止動蕩時代中金、元異族軍士挖墓而立。此一小碑迄今雖完整無缺；但前面巨碑，在中共「文革」時竟被紅衛兵錘擊成五十餘塊，幸後來得以整修復原；惟細看碑額上花紋理路，仍不甚完整，正面猶顯破壞痕跡；但大致看來，仍然宏偉壯觀。

子貢廬墓處，即在孔子墓右前方不遠。

墓前平臺上設有石香爐，和用泰山封禪石築成的石供桌。墓前稍旁有古樹數株，參天昂立。四周雖植有樹木；但疏密有致，中間仍有陽光照射，不顯陰暗。墓周環以紅色垣牆，周長里許。墓東為孔子獨子泗水侯孔鯉墓，墓南乃其孫沂國述聖公孔伋墓，這種墓葬形式，被稱為「攜子抱孫」的格局。而這一帶也另立林牆、林門，被稱為林中林。孔子後裔遵從敬慎之禮，死後多葬在孔子墓較遠的四周，更顯出孔墓的莊嚴神聖。

在孔墓平臺前方，有「子貢廬墓處」石碑，後有瓦屋一間，為當年子貢守墓處，後人建屋作為紀念。現無人居住，室內放有雜物，稍嫌凌亂。史載孔子逝世後，弟子皆服心喪三年，相訣而去，或復留；惟子貢廬於冢上凡六年然後去，其儀型足式，風義長存，使後人敬仰不已。

在進入孔子墓前，過洙水橋後，先有一座檔墓門；再走過一段甬道，兩旁有四對石雕，名曰華表、文豹、角端和翁仲，各有其屬性與所司，形制古樸威武。甬道正面是享殿，乃祭祀時設香壇之地，殿廡五間，黃脊綠瓦，朱欄紅柱，是孔林內的最大建築。享殿之後，才是中心地孔子墓。

孔子逝世後當政的魯哀公曾親臨祭拜，並致誄詞曰：「旻天不弔，不憖遺一老，俾屏余一人以在位，煢煢余在疚。嗚呼哀哉！尼父，無自律！」翌年，下令將孔子生前住屋三間，改為祀廟；而歷代皇帝亦先後下詔增修廟宇、廳舍，擴充土地面積，才有現在孔廟、孔府、孔林的規模。中共國務院已將其列為第一批全國重點文物保護單位，聯合國教科文組織並列為世界文化遺產。

孔子德侔天地，道冠古今，集中華文化、道統之大成。歷代帝王自漢高祖以下，如北魏孝文帝、唐玄宗、後周太祖郭威，以迄宋真宗和清代康熙、乾隆二帝，均曾親臨祭拜，後三帝孔林內曾建有駐蹕亭各一座。

孔子於西元前五五一年、魯襄公二十二年夏曆八月二十七日（換算陽曆為九月二十八日）生於魯國陬邑昌平鄉，歿於西元前四七九年、魯哀公十六年夏曆二月十一日，享年七十三歲。至聖先師乃孔子諡號。歷代皇帝另有加封：唐開元二十七年，追謚孔子為文宣王。宋大中祥符元年，加謚為元聖文宣王：五年，改謚至聖文宣王。直到元大德十一年再加謚為「大成至聖文宣王」，以迄如今。

在「子貢廬墓處」東、亭殿之後，有楷書「子貢手植楷」石碑，旁有「楷亭」和「頌楷詩碑」。據傳子貢在結廬守墓的同時，還從南方引來楷樹一株植於師墓旁（楷樹的「楷」，讀為「皆」）。這棵楷樹，後來長成參天古木；不幸於清康熙年間遭雷火焚死，其枯樹下半截底部仍在，現用石塊砌成圍臺，供後人參觀憑弔。

惟「子貢手植楷」石碑，其中楷書「植」字，中間少寫一橫。當地導遊說，此係子貢當時未給老師送終，故給他留下一點缺憾。經考證古籍及今書多本，均詳述子貢在孔子逝世前後侍疾與治喪經過，未言及獨缺子貢送終情事。據此，導遊所云，乃係誑騙「呆胞」之語。

孔林墓冢壘壘，石碑如林，其題字者，多係歷代達官貴人、書法名家。今此楷書「植」字，中間竟少寫一橫，實在不可思議。惟細看拍的照片，石碑「植」字處，有長條橫裂縫，中間似有疤痕，左上角復有缺裂；是否後來遭到破壞？想有可能。

——原載二〇〇〇年十二月二十五日軍校《校友通訊》第七十四期

山頂為蓬萊閣，其下為黃海。

蓬萊的「海市」

山東半島北端的蓬萊，自古以來，是國人最嚮往的仙境，現在更是中外遊人最佳觀光勝地。蓬萊不僅風景幽美、碧海藍天、地理環境迷人，而且有八仙在此渡海的神話傳說；但是使人稱道的，是「海市蜃樓」的奇觀。

到蓬萊遊覽的人，大都希望能適時看到「海市」，想親睹這種神奇景象，如何變化多端？但海市不是經常有，也不是年年有，而是有季節性和氣候溫差等必要的條件。因此，想目睹海市奇觀，常使人失望。好在現有山東電視臺記者孫玉平於一九八八年七月十六日，當天將海市實景適時拍攝下來，這是中外有海市的地方，能拍到的第一部紀錄片。你雖然未能親睹海市的出現；但從短暫的影片中，也得以窺見一斑。

古人來到蓬萊的目的，在訪求神仙，探訪另一神秘世界；尤其是秦皇、漢武，不但要尋訪仙人，還要求長生不死之藥，已經到了癡迷的地步。

今人遊覽蓬萊的目的，除了想看到海市實景外，首在探訪「人間蓬萊」的名勝。因此，當您踏過「丹崖仙境」坊，不求仙也可自命為仙人了。因為「沒有仙人有仙境，身到蓬萊即是仙」。

而當您登上蓬萊閣時，憑欄遠眺，眼前是祥雲朵朵，碧波浩淼，茫茫大海，一派空明。俯視仙閣凌空，下臨無地，斷崖峭壁，倒掛在碧波之上。腳下香霧迷濛，雲煙浮動，人好像飄飄欲仙，直欲乘風歸去，試探高處的瓊樓玉宇，果真寒到何種程度？

海市的神奇變化，其妙無以名之。北宋沈括著《夢溪筆談》載：「登州（即現在蓬萊）海中，時有雲氣，如宮室、臺觀、城堞、人物、車馬、冠蓋，歷歷可見，謂之海市。」孫玉平拍攝到海市實景，事後用文字描述亦頗為精彩：蓋夫海市之為狀也，散而成氣，聚而成形，千姿百態，瞬息萬變。那些如樓臺、亭閣、奇樹、怪峰的奇景，時而橫臥海面，時而倒懸空中，若斷若連，時隱時現。朦朧中似乎還有人影在晃動，一會兒長橋飛架，一會兒樓房高聳，東部倒掛的奇峰剛剛隱去，而西邊林立的煙囪又赫然映入鏡頭。……在蓬萊北方海面的上空映現，歷時將近五小時，直到夕陽西墜，海市方才落幕。

古時候的人，看到海市的景觀，十分驚訝神奇；然亦不知其成因，大家認為是海中鮫蜃吐氣所為。如《史記．天官書》：「海旁蜃氣象樓臺」，故有「海市蜃樓」的成語。

由於海市的奇幻，群山的隱約，大都在渤海上空出現；於是一些以渤海為地理背景的誌異神話書籍，便先後問世，甚至正史亦有記載。如：

《列子．湯問篇》：「渤海之東，不知幾億萬里，有大壑焉，中有五山，根無連著，常隨潮波上下往還，不得暫峙焉。」

《山海經．海內北經》：「蓬萊山在海中，上有仙人，宮室皆以金石為之，鳥獸盡白，望之如雲，在渤海中也。」

《史記．秦始皇本紀》：「齊人徐市（即徐福。讀為福，中為上下連筆一長豎，與「市」上為一點異）等上書，言海中有三神山，名曰蓬萊、方丈、瀛洲，仙人居之。」

而《史記．封禪書》更謂：「蓬萊、方丈、瀛洲，此三神山者，其傳在渤海中，蓋嘗有至者，諸仙人及不死之藥皆在焉。其物禽獸盡白，而黃金白銀為宮闕。未至，望之如雲；及到，三神山反居水下。」

由於神話的傳聞，並經見諸文字，加上方士們的渲染鼓動，於是海上有神山、仙人之說；不但迷惑住當時一般求仙學道之士，連帝王、君主都深信不疑。於是先後便有齊威王、齊宣王、燕昭王等使人入海求「三神山」，及「始皇東巡求藥」、「漢武御駕訪仙」等情事。

秦始皇曾四次巡遊山東沿海，遇祠即拜，四次均曾到過登州訪仙求藥。並曾遣盧生、徐福、韓終等方士多次入海求仙，親自下海射蛟，以清除航路。規模最大的一次，乃派遣徐福率童男童女三千人入海求仙和採長生不死之藥，結果一去不返，傳說就是在現在的蓬萊入海的。

漢武帝的求仙活動，比秦始皇更為入迷，他曾八次巡幸海上，都曾來到登州。因為海市大都在登州的海面上空出現，他迷信方士的說法，認為三神山就在登州北方海面方向，那些大小島嶼，可能就是入神山之門。於是「益發船，令言海中神山者數千人求蓬萊真人」，甚至想親自渡海求仙，不得已乃在陸地登高跂望。經過多次求仙不成，只好在此築一小城名為「蓬萊」，聊慰求仙渴念，此為現在蓬萊市築城之濫觴。

蓬萊閣八仙醉酒圖。

至海市之成因，乃是一種大氣光學現象。蓬萊因地處渤海海峽南岬，湧動的海流將底層海水連同低溫帶出水面，海面低溫和海峽兩岸的高溫為海市的出現創造了溫差條件。山東半島、遼東半島和朝鮮半島三足鼎立，長山列島橫臥其間，又為海市的出現具備了藉以反射的客觀景物。在四至九月份日光充足的季節裡，接近海面的空氣呈高密度低溫狀態，空氣密度由下而上陡然減少，光線透過這些不同密度的空氣層時，便發生折射或全反射，使遠處景物顯示在空中或海面，此即神秘的海市。

由於空氣層動蕩不定，致使顯現的景物時大時小，時斷時連，忽隱忽現，千姿百態，變幻莫測，更增加了海市的神秘感。而海市不僅中國蓬萊才有，英、美、法諸國亦有之；甚至沿海青島、泉州、杭州等地區，也曾有過海市上現的報導，只不過部分地區的海市，內容不及蓬萊海市的明顯豐富，也不及該地區次數來得頻繁而已。

當年秦皇、漢武乃至齊威、燕昭等帝王所渴求的神山，白居易詩中的「忽聞海上有仙山、山在虛無縹緲間」，及藝術歌曲的「蓬萊仙島清虛洞，瓊花玉樹露華濃」所描述的神秘地區，大概不出現在遼東半島與山東半島間的大小島嶼，和黃海沿岸地區的山巒而已，總不會想到太平洋去吧！至於上文引述《列子》所謂「不知幾億萬里有大壑」，連他自己都不知道多遠，遑論是否真有其山？

要是這些帝王們生在當今之世，坐上海輪或飛機，在渤海、黃海上空和海面航巡幾遍，就輕而易舉地看清楚這些地區山巒、海島的真面目，當不會千方百計、勞師動眾去求藥訪仙了。

——原載二〇〇一年元月十九日《金門日報》

上面即為泰山極頂。

高山仰止登泰山

我國有五座雄偉峻跋的高山，號稱五嶽——東嶽泰山、西嶽華山、北嶽恆山、南嶽衡山、中嶽嵩山。泰山因位居東方，其高度雖在華山、恆山之下，位居五嶽中第三位；但古人以東方為萬物交替、初春發生之地，故有「五嶽之長」和「五嶽獨尊」的稱譽。孔子更有「登泰山而小天下」的讚歎，俗話謂「有眼不識泰山」。鎮風水用「泰山石敢當」，稱妻父為丈人或泰山，推稱岳母為泰水或丈母娘。「泰山北斗」，稱人學術高卓，「泰山鴻毛」，乃比喻輕重懸殊。至「泰山壓卵」，為比喻至強欺至弱；而「泰山不辭土壤」，猶如大機器不可缺少小螺絲釘。以上種種古語、俗諺、習稱和比喻，都與頌揚泰山有關。而歷代帝王、古聖先賢、文人墨客在泰山所留下的人文勝跡，更為其他四嶽所不及。

泰山，古稱岱山，又名岱宗，為我國五嶽之首。位於山東省中部，綿亙泰安、濟南、歷城、青山等縣市間，長約二百多公里，總面積四百二十六平方公里，主峰玉皇頂（又名岱頂或極頂）在泰安市北，海拔一五二四公尺。歷代帝王都把泰山作為國家權力的象徵，每逢登基大典，便來泰山封禪祭告，刻石記功。據《史記・封禪書》引管仲曰：「古者封泰山禪梁父者七十二家，而夷吾所記者十有二焉。」實際上，有確切記載者，應自秦始皇開始。

秦始皇、秦二世、漢武帝均曾封禪泰山；只是他們的封禪儀式，均祕而不宣，致司馬遷亦無法記述。始皇於即帝位第三年（西元前二一九年）封泰山時，立石刻字一四四字；秦二世於繼帝位元年（西元前二〇九年）封禪時，在其父同一碑上，補刻字七十八字，均由丞相李斯篆書，立於泰山極頂。歷經二千餘年，因風雨侵蝕變遷，現僅殘存二世刻字十字，置於泰山南麓岱廟東御座院內，為現存最早的秦代小篆碑刻。

漢武帝曾八次封禪泰山，傳與其迷信神仙有關。首次在武帝元封元年（西元前

唐玄宗摩崖碑刻〈紀泰山銘〉。

一一〇年）封禪後立一無字碑，現存於玉皇頂圍牆外路西側。其義意何在？留與後人許多想像空間。

此後，在歷代封禪泰山帝王中，尚有漢光武、唐高宗、武則天，及唐玄宗、宋真宗和明、清諸帝。唐玄宗留下了摩崖碑刻〈紀泰山銘〉為泰山露天文化寶藏，在中天門下留有「迴馬嶺」勝跡。宋真宗創建碧霞元君祠及擴建山下岱廟，留下了這兩大古建築群，為後人所稱頌。

孔子登泰山勝跡，在泰山中路登山口紅門宮前有「孔子登臨處」牌坊，在日觀峰西南有「孔子小天下處」碑刻。前者係根據《禮記．檀弓》中記載：孔子過泰山側，見婦人對塋而哭，而發出「苛政猛於虎」的感歎而建立；後者乃根據《孟子》：「孔子登東山而小魯，登泰山而小天下。」記載孔子登高至此，所發出讚歎的刻石。在天街之北，原有孔子廟。三處在大陸文革時均被毀，亟待修復。

在日觀峰東有「瞻魯臺」，此處懸崖陡絕萬仞，崖顛巨石凌空，驚險而陡峭，孔子曾登臨此處瞻望魯國都城曲阜，因而得名。還有「望吳聖跡」，在天街東首路北，乃一九八四年所創建，緣於傳說中的孔子與顏回在泰山望蘇州閶門的故事。

泰山也是文人名士薈萃之地，我國歷史上著名人物，除孔子外，司馬遷、諸葛亮、李白、杜甫及蘇軾、劉禹錫等均曾親臨泰山攀登遊覽，吟詩題句，留下千古韻事。

當我從中天門乘索道纜車上山，未廢一些力氣，徒步轉上天街，站在南天門山坡上，下望眾山若丘，群峰俯首，眼收四海，胸裝萬壑，李白放歌「天門一長嘯，萬里清風來」的豪情，油然而生。再俯瞰下面被稱為「天門雲梯」的十八盤，斷層絕壁，陡峭如削，想見昔時登山者的艱苦。此段漢時雖早有環道，據前人謂「羊腸逶迤，往往有緪索可得而登」。迄唐代始建盤路，經後人屢次鑿修，始有現今路況。如果取中路上山，從岱廟至玉皇頂，路程九公里，有盤路六千六百六十級，光南天門下最艱難險峻一段十八盤，就有一千六百餘級。此段盤路，岩石陡峻，難於上青天。東漢應劭謂之「後人見前人履底，前人見後人頭頂，如畫重疊人矣」。而且「徑從窮處見，天向隙中觀」，可見山路之險。

中路盤道，既是如此險阻，而古代亦僅有此道登山古徑，一般登山者，尚可發出自身潛力，體會到攀登時的艱辛和喜悅。文人雅士，更可大發詩情豪興，領略泰山的雄偉神奇；只是那些古代帝王，平時養尊處優，像武則天更是金玉嬌弱之體，卻也同樣封禪泰山，他們是如何攀登上山，惜乎古籍缺少記載。

現在遊覽泰山有三條主要路線：一般遊客先從岱廟開始，徒步沿中路盤道直達岱頂；然後乘索道纜車下山。此段稱為幽區，一步一景，目不暇接；且可在岱廟內參觀秦二世碑刻及漢武帝手植古柏，一路更有許多人文景觀，是登山者更好的選擇。另從山下乘遊覽車沿西路盤山公路，經半山腰中天門；然後乘索道纜車上達月觀峰，轉天街，上達岱頂，循原路下山，為一般省力的遊覽路線。此段坦途綠蔭，溪深谷幽，稱為曠區。還可從山下乘汽車沿國道西行至桃花峪，從桃花峪沿盤山公路至桃花源；再從桃花源乘另一條索道纜車到達岱頂。此段稱為秀區——飛瀑、湧泉、鳥語花香，一派幽雅寂境，真有如陶淵明筆下的桃花源。從天街經碧霞祠至岱頂，下段地勢平緩，別有洞天，景色格外誘人，故稱妙區，為遊人必經之路線。

泰山分為六個景區：除上述幽、曠、秀、妙四區外。尚有奧區和麗區。在中路與西路環山路線之間，此處山水相映、古剎深幽，習稱麗區。泰山之陰后石塢，此處森林蒼鬱，花草豐茂，如同泰山的後花園，素有奧區之譽。後兩區一般遊人缺少時間和機會去探訪。想要看盡泰山的神奇，如在此；觀日出、看晚霞、渡仙橋、逛瓊閣，以及讀碑刻、望齊魯、訪古蹟等等，非旬日不為功。

當我踏著先人的足跡，登上玉皇頂時，面對「古登封臺」石刻及「無字碑」，不免發出思古之幽情。轉身眺望四方及山下，但見群峰嵯峨，層層疊疊，天風輕吹，白雲繚繞，自身正有如登臨極頂前所見石刻——「置身霄漢」、「登峰造極」的感受。也才體會到杜甫望嶽詩：「岱宗夫如何？齊魯青未了。會當凌絕頂，一覽眾山小」的豪興。

返途時，從極頂西面下山，無意間看到「丈人峰」石刻，腳下正是泰山有名的丈人峰；於是面對巨大的石碑刻字，叩拜「泰山丈人」——小婿這廂有禮。並攝影留念。

——原載二〇〇一年五月《金門日報》

至聖先師孔子，曲阜大成殿。

謁曲阜孔廟

旅遊車駛過一段綠蔭大道後，在一座宮牆前停了下來，向右一看，眼前是「金聲玉振」牌坊，我知道孔子廟到了。

「那麼左邊一道大城叫什麼？」我問當地導遊。

「那是『萬仞宮牆』，是原來曲阜的舊城南門，字題在城門外面的牆額上，是清朝乾隆皇帝的御筆。」看來高深堅固，兩道磚砌城牆，上有雙層飛檐城樓，古蹟宛然依舊，形制雄偉壯觀。

子貢曰：「夫子之牆數仞，不得其門而入，

不見宗廟之美，百官之富，得其門者或寡矣。」後人以「數仞」不能表達對孔子的尊敬與讚揚，故將正面高牆以「萬仞」稱之，取名仰聖門。

的確，從小到大，一直嚮往能到曲阜朝聖。在家時迢迢千萬里，後來又棲身海外，實在不得其門而入。現在跟著旅行團有地陪導引，便能輕得其門而深入堂奧了。我並非奢想如孔子所云在學問上「登堂入室」，而是以十分虔敬的心情，瞻謁至聖先師當年講學和居處之地，尋真探古，沾沐仁風聖德，了卻一生宿願，認為是人生的大事。借用清人袁子才的詩句——「留與兒孫誇祖父，也曾到過聖人鄉。」而不是只在古書中讀著「子曰、學而」了。

孔廟坐落在曲阜市舊城中心，是歷代祭祀孔子的廟宇。初建於孔子歿後次年，魯哀公將其故宅三間改建為廟，歲時奉祀。自西漢以來，歷代帝王不斷對孔廟重修、擴建；尤其在明清兩代兩次火後重建，不惜費時耗資，使孔廟益見莊嚴與華麗，成為北京故宮、承德避暑山莊，並稱國內三大古建築群。

孔廟前後共九進院落，通過「金聲玉振」牌坊後，便是櫺星門，再經過兩道牌坊，便是聖時門、大中門等，循序進入，共有三座牌坊，七道廟門，從大成門起，始分三路。中路有杏壇、大成殿、東西廡、寢殿、聖跡殿等；東路為孔子故宅：有詩禮堂、禮器庫、魯壁、故宅井、崇聖祠、家廟等；西路為祭祀孔子父母的啟聖王殿、啟聖王寢殿及用以習樂的金絲堂和樂器庫等。全廟共有殿堂閣廡四百六十六間，南北長一公里許，總面積三百二十七畝：周匝垣牆，配以角樓，蒼松翠柏，森然羅列，殿宇雕梁畫棟，金碧輝煌；尤以大成殿在清代火災後重建時，清廷特許按照皇宮的設計建造，故與北京故宮太和殿、泰安岱廟天貺殿，並稱東方三大殿，可見朝野對至聖先師崇禮之隆。

《論語》載：「子入太廟，每事問。」我入孔廟，不但每事問，而且每處看——聖跡碑亭、門樓殿閣、廊廡雕柱、古木壁繪，均目不暇給。或拍照以存其真，或速記以免忘記，感官所及，深恐有所疏漏，與遊歷一般名勝古蹟，心境卻大異其趣。放眼門牆內外，均為歷代皇帝御筆與名儒學者所書碑文與門額，如「德侔天地」、「道冠古今」、「與天地參」、「化成悠久」等，皆是頌揚孔子博學與碩德的讚語。而一些門閣堂殿命名，均取自古籍文字，道統薪傳，古意盎然。大成殿原名宣王殿、宣聖殿，乃是宋徽宗取孔子「集古聖先賢之大成」之意，下詔更改為今名，並親筆題書匾額，惜後來毀於雷火。

孟子曰：「觀於海者難為水，遊於聖人之門者難為言。」我此番赴曲阜遊歷，乃在瞻謁孔廟孔林，為作為一個讀書人探求道統之源；並非來孔門遊學，平凡如我，自不必講出一番大道理。惟我中華民族文化，垂二千五百有餘歲，至孔子始集其大成，故曰：「天不生仲尼，萬古如長夜。」太史公贊曰：「高山仰止，景行行止，雖不能至，然心嚮往之。」夫子之學說、道德、風範，豈僅是國人崇拜景仰而已。是以謁廟之後，實難以形容其殿堂之美、文物之豐與崇聖之隆，只可謂稍涉其門矣。茲就其要而印象深刻者，節略而言之。

大成殿：大成殿是孔廟的主體建築，是祭祀孔子的主要場所。重檐九脊，黃瓦朱甍，周匝迴廊，巍峨壯麗。殿高三十二公尺，東西長五十四公尺，進深三十四公尺，矗立在雙層石欄臺基上，顯得突兀凌空，輝煌金碧。在陽光下遠望金黃色大殿，熠熠生輝，和故宮太和殿相彷彿；惟大殿四周廊下環立二十八根雕龍石柱，每根高約六公尺，直徑八十多公分，均係以巨型整石雕成。前檐下的十根龍柱尤為壯觀，氣勢非凡而又極為華美，是古代雕刻藝術中的瑰寶。此種精緻雕石，為內廷所無。據說清乾隆皇帝來曲阜祭孔時，石柱均用紅綾包裹，不敢讓皇帝看到，深恐因超過皇宮而怪罪。

門外正中是清雍正皇帝題書的「生民未有」匾額，殿內正中是清康熙皇帝題書的「萬世師表」橫匾。下為巨型雕塑孔子像，冠冕、服飾、坐向，一如古代天子禮制，前立「至聖先師孔子神位」牌。兩側為「四配」：東位西向者為復聖顏回、述聖孔伋；

孔廟內「杏壇」。

西位東向者為宗聖曾參、亞聖孟軻。再外兩側為「十二哲」，均東西面向，分別為冉雍、端木賜、仲由及冉耕、宰予，冉求等，宋代大儒朱熹，也在十二哲中一同配享。我雖未一一行禮，然均以十分虔敬之心觀之。

杏壇：相傳是孔子講學的地方。《莊子‧漁父篇》：「孔子遊乎緇帷之林，休坐乎杏檀之上，弟子讀書，孔子絃歌鼓琴。」宋代以前此處是正殿基址，宋仁宗時將正殿北移重建，乃以講堂舊址，除地為壇，環植以杏，以符古蹟原義。金代始於壇上建亭，由當時著名學者黨懷英篆書「杏壇」二字刻石立碑。現在的杏壇，重檐十字脊，黃瓦朱欄，亭內細雕藻井，彩繪金色盤龍，色彩絢麗。正面藍色豎匾，為清高宗手書。

先師手植檜：在杏壇東南隅不遠處，有一高大的檜樹，用石欄圍護著，相傳是當年孔子親手所植。原植有三株，此乃碩果僅存，彌足珍貴，旁有「先師手植檜」石碑。此處粗可合抱，高約二十公尺，樹冠亭亭如帷蓋，蔥蘢蒼翠，歷經二千餘年，曾經多次枯死，又多次萌生，其枝盤屈如龍形，世謂之再生樹。此次係清雍正十年的復生新條、幾經滄桑的神檜，現仍枝葉繁茂，孑然挺立，成為歷代文人墨客讚頌謳歌之對象。

先師手植檜。

魯壁：「魯壁藏書」，在經學史上占有重要的地位。因為該批藏書的發現，自西漢以來，乃有「今文經書」與「古文經書」之辯證；而現在《十三經注疏》中之書經（即尚書），乃是「今文」與「偽古」所混雜，迄至清代始被發現。

在秦始皇焚書坑儒時，孔子九世孫孔鮒，將祖傳的《論語》、《尚書》、《孝經》、《禮記》等經典簡冊，密藏於故宅牆壁中，自己乃往嵩山隱居，其後亦未取出。西漢景帝封其第五子劉餘為魯王，世稱魯恭王。其人好治宮室，傳說在擴建王宮拆除孔子故宅時，忽然聽到天上有金石絲竹之聲，有六律五音之美，結果從牆壁裡發現了久藏的上列諸書。這些經書乃是用蝌蚪文寫成，不同於當時經師們用隸書所寫的「今文經書」，人們就把它稱為「孔壁古文」，尤其是後來最引起爭論的「古文尚書」。

後人為留紀念，就在藏書原址修建一座「金絲堂」。明代「金絲堂」遷往孔廟西路，於是在原址又建起了「詩禮堂」。在「詩禮堂」後，有一照壁，壁前的石碑上刻有隸書「魯壁」二字，這便是當年魯恭王發現孔鮒藏書的地方。

在瞻謁孔廟前，除讀過一些古籍外，還蒐集一些孔廟、孔林的資料；此次實地觀察，給人印象深刻而收穫良多。同時又在孔廟買了許多本有關參考書籍回來，學無止境，使我又吸收更多從前所不知道的事情。

——原載二〇〇一年年六月一日《中國語文》第五二八期

右為「生公說法」的講堂。

虎丘、點頭石

——「生公說法，頑石點頭」

唐代文學大家劉禹錫，其詩文典雅高潔，境界清幽，為後人所津津樂道，傳誦千古。近讀其〈金陵五題之四〉：「生公說法鬼神聽，身後空堂夜不扃。高座寂寥塵漠漠，一方明月可中庭。」詠唱金陵的一處佛教古蹟，描寫生公生前在金陵說法時，聽眾熱烈信服，連鬼神都是他的經徒；但身後蕭條，講堂冷落，只有布滿灰塵的高座，留給後人憑弔。

這是大詩人劉禹錫在南京看到的「生公講堂」遺跡，所發出的詠嘆；如果他當年來到蘇州的虎丘，想到生公生前落魄，無人聽他說法，只好聚石為徒，號稱「千人坐」；由於他對佛法闡釋透徹，說服力強，連頑石都為之點頭；然而後來也只存著一片空礦的道場，和一座「點頭石」，那麼他的詠嘆當不可同日而語了。

一九九九年九月在臺灣九二一大地震前夕。筆者正隨團旅遊蘇州。當天下午五時許，一行人始從蘇州市區，步上虎丘山，沿途導遊指稱這是吳王試劍石，這是唐伯虎二識秋香的坐石，引起大家的好奇。迨步上山頂平臺後，觸目即見一塊橫碑「千人石」，文曰：「千人石，又名千人坐，昔時是晉代高僧生公講經處。……」再往前看，面前正是一大片石坡廣場，「劍池虎丘」四個大紅字赫然在目，而坡上的雲岩寺塔正矗立山巔，古意盎然，引起我們的正視，大家知道聞名的虎丘風景區到了。

虎丘，又名海湧山，在江蘇蘇州市閶門外山塘街。高僅三十多公尺，占地不過二百畝；但一到千人石和劍池，便覺氣勢雄奇，彷佛置身於絕岩縱壑之間，氣氛也嚴肅起來了。這裡因春秋晚期，吳王夫差葬其父闔閭於此，相傳葬後三日，「有白虎踞其上，故名虎丘」。陵墓在虎丘劍池下，因闔閭愛劍，下葬時以「專諸」、「魚腸」等劍三千殉葬，故稱虎丘劍池，為一處古蹟旅遊景點。

在「虎丘劍池」左前方處，有一四方歇山式石亭。緊接其左為一道石砌岩岸，上

碩果僅存的點頭石。

有垂檐式方亭，即昔時生公講經處，四周圍以護欄，旁植花木。岩岸下方嵌有「生公講臺」四字巨幅橫匾，字跡圓轉秀麗，在入口處「千人石」橫碑中，介紹為唐代李陽冰所篆書。在「生公講臺」石碑之右，另有一小橫碑，鐫有「千人坐」三字，字跡堅韌有力，為明代蘇州知府胡纘宗所書，均經筆者在夕陽餘暉中挨次攝影，以存其真。

在「生公講臺」下面左前方為一片廣場，即昔時生公講經聚石為徒之處，排列約一千塊石頭，號稱「千人坐」，梵語鐘聲，儼似講堂，固一時之重地；現僅留存「點頭石」一座，以供後人憑弔，其餘均已無存。

虎丘山，在東晉時曾建有虎丘山寺，幾經更名，在清代稱虎阜禪寺，據記載：南宋紹興年間寺院規模宏偉，琳宮寶塔，重樓飛閣，曾被列為「五山十剎」之一，建物雅致，古剎鍾靈。後來曾七度被毀，劫後幸存的古建築僅五代所建雲岩寺塔，和元代所建「斷梁殿」二山門兩處。上述古建物中，想均有生公當年掛單落腳之處，現除幾處碑石外，均無原跡可尋。

生公，為東晉高僧，今河北省平鄉縣人。俗姓魏，從其師竺法汰而出家，遂從師姓改姓竺名道生，生公乃對其之尊稱。曾入廬山幽棲七年，鑽研群經。後遊長安，從羅什受學。著有《二諦論》、《佛性常有論》、《法身無色論》和《佛無淨土論》等書。守文之徒，多嫌嫉之。又其時，《涅槃經》至中國者僅前數卷。生公剖析經理，立闡提成佛之義，舊學以為邪說，擯斥之。乃袖手入蘇州虎丘山，豎石為聽徒，講《涅槃經》，至闡提有佛性處曰：「如我所說，契佛心否？」群石皆點頭。此為「生公說法，頑石點頭」典故出處。至今點頭石猶存其一，石經修飾，圓潤如鼓，為千餘年來雖不可盡信，卻又傳誦不絕的古蹟。

結束虎丘講經法堂後，生公再遊廬山，居銷景巖，聞曇無識法師在北涼續譯《涅槃經》之後品，至南京見之，其經義果如生公所言，足見其悟道之深與闡理之明。當時生公在南京說法，聽眾與信徒漸多，無不虔誠信服，每場皆滿，已是當代之高僧。

其事蹟載清代翟灝《通俗編・地理・頑石點頭》，取材自《蓮社高僧傳》；所以劉禹錫金陵題詠首句謂「生公說法鬼神聽」，力讚生公之真誠與聽徒之熱烈。至於佛法中人，本已四大皆空，不計名利，身後淒涼誰管得；然「頑石點頭」之法蹟，卻贏得千古傳誦。

遊罷「虎丘劍池」古蹟後，在生公講臺前廣場上「點頭石」處低徊不已，並攝影留念。重讀文前劉大詩人詠嘆「生公法堂」詩句，一時興起，乃步其原韻〈題點頭石〉七絕一首，以作本文結語：

生公說法石頭聽，
寬曠道場無戶扃。
坐眾千人皆頷首，
獨存此石立空庭。

——原載二〇〇一年八月一日《中國語文》第五三〇期

昔日伯牙在此彈琴之地。

高山流水訪琴臺

一、為尋古蹟，兩訪琴臺

一九九二年夏天，我初次返鄉探親，先遊罷長江三峽後，在武漢住了幾天，參觀久別後的省城景觀。在遊覽漢陽歸元寺後，再順便探訪古蹟「琴臺」。小時候便知有伯牙鼓琴「高山流水」的故事；但不知這故事發生的地點，就在家鄉附近的武漢。而且從家父與人便談中，尚能背誦該伯牙訪友戲劇中，白髮人送黑髮人的幾句戲詞——「吾兒臨終思伯牙，但不知是他不是他。揩乾淚痕說實話，吾兒一命染黃沙。」我還記得當年家父一面談唱、一面比畫手腳的那種動作和唱腔哩！如今時隔五十餘年，實地登臨，想覓得一些真實感。

那天首次前往參觀，因時值盛暑中午，天氣實在太熱，僅在琴臺裡面大概瀏覽一遍，未細看室內布置的資料，印象不太深刻。且時隔兩千多年江岸變桑田，桑田又變市區，市區鐵公路縱橫，人車擾攘，形成一片平坦鬧區；何來當年馬鞍山山腳下的樵夫鍾子期，在江岸幽閒聽琴的環境。現在的琴臺基石之處，不知是否真是昔日晉國上大夫伯牙鼓琴之地？看來距江邊位置差不多，只好姑妄信之吧！不過，附近尚有鍾家村的地名，想係古時候鍾家宗親所居之地。

一九九九年九月，我在武漢親友處住過一段時間，每次從漢口過江漢橋到武昌時，中途在龜山尾琴臺站轉車，便看到下面古琴臺原址，而且有時間悠閒勘察附近地形。琴臺後有月湖，景色幽美；右有梅子山一片蓊鬱，不知是否即昔日馬鞍山舊址，即鍾子期採樵之處；左有蓮花湖，靠近長江邊。門前不遠處有高架橋一座，已成為車輛輻輳之地；但琴臺占地寬廣，兩旁樹木扶疏，綠蔭如蓋，正面白牆碧瓦，古色古香，門楣有「古琴臺」三個大字，整個環境隱藏在交通要道之後，使得終日忙碌的人們，無不心嚮往之。

這次，找一個大晴天，我一人獨往，目的在時間好運用，且氣候適宜，正好聆聽琴韻。入大門後，正面是「琴臺知音蠟像館」，前面有一園圃，雜植四時花草，幽雅繽紛。時值深秋，菊花綻放，便當令成為迎賓之花。在花香蔭涼之下，耳聞琴聲悠揚，古意盎然；較之外面市聲喧鬧、人車雜沓的世界，此間別有天地。蠟像館外有聯語一副：「一客荷樵，一客撫琴；志在高山，志在流水。」寫景真實而貼切，已將館內主題概略說明。

二、稗官野史，亦有可觀

入館後，從時光隧道裡進入二千多年前的春秋時代──伯牙鼓琴，鍾子期賞音的精澄世界，心情也隨著平靜下來了。門內首有牌示對館內文物陳列有概括性的介紹；然後在各攤位以塑像為主體，飾以情節場景，再分段牌示說明。配合音樂之抑揚頓挫，琴韻之中，似高山，若流水，又像霖雨之操，或似崩山之樂。我雖不是善於辨音者，但從古籍記述中，猜想就是那些樂曲。

茲將各攤位景觀說明，分錄如左：

「（一）赴楚返鄉：俞伯牙，春秋戰國時晉國上大夫，楚國郢都人氏。奉晉主之命，赴楚修聘，巡視桑梓，祭奠祖宗，會晤親朋，聊慰故國一十二年之鄉思。

（二）子期聽琴：伯牙辭別楚國，繞道水路至漢江口時，值中秋月夜，興不能已。遂命童子焚香，伯牙調絃撫琴，一曲未了，琴絃已斷，伯牙知有人暗中聽琴。聽琴者，樵夫鍾子期也。

（三）高山流水：伯牙將斷絃重整，凝神於高山，撫琴，子期讚曰：「美哉！洋洋乎志有高山。」伯牙沉思於流水，再鼓，子期又嘆：「美哉！湯湯乎志在流水。」伯牙與子期結為兄弟，相約來年中秋再會。

（四）摔琴謝知音：來年中秋，伯牙還鄉，不意子期已逝。「憶昔去年春，江邊曾會君；今日重來訪，不見知音人。」伯牙誦完，便舉手摔琴，正是：「子期不在對誰彈，欲覓知音難上難。」

以上為琴臺蠟像館分場說明，一字不易照錄，標點係代標注。照全文看：其出處可能摘錄自《今古奇觀》，因人名、地名、情節，全部相同；連悼詞首句去年「秋」，同樣照錄誤為去年「春」，因去年中秋乃兩人初識之期也。此外，也將伯牙再冠姓「俞」為俞伯牙。查《呂氏春秋》東漢高誘注：「伯姓，牙名，或作雅。鍾氏，期名，子皆通稱，悉楚人也。」

由此看來：不但伯牙不姓俞，鍾子期也本名鍾期；所以魏文帝〈與吳質書〉，直書：「昔伯牙絕絃於鍾期，仲尼覆醢於子路。」王勃〈滕王閣序〉，也謂：「鍾期既遇，奏流水以何慚？」

出蠟像館，步上左邊一小丘，即為昔日琴臺原址。在琴臺前徘徊良久，憑弔先賢遺跡，想此故事真實感人，故古今書文競相援引；然古籍卻無翔實記載，注解中亦未見有人道及地名。現在所能得到的資訊，除文前所列各種古籍外，只有明代《今古奇觀》記述較為詳細。稗官野史，出自街談巷語、道聽塗說者之所造。正如孔子所云：「禮失而求諸野；雖小道，必有可觀者焉。」閭里小知者之所及，亦使綴而不忘，故能流傳千古。

至於地方志略，如今之《湖北通志》或《漢陽縣志》之類，當有記載；然春秋時代距今二千餘年，竹簡殘篇，即或有記，恐已遭秦火焚滅，或保存不全，何能流傳至今？方今去古久遠，道術缺廢，無所更索；惟有從多方蒐集史料，筆之簡冊，使先賢佳話，流傳不墜，這也是從事文字工作者，發揮固有文化之一途。

茲照錄《今古奇觀》尾段，伯牙與鍾期悼亡詞及破琴絕絃情節，以供傳誦。

「憶昔去年春（筆者按：春，當作秋）江邊曾會君；今日重來訪，不見知音人。但見一抔土，慘然傷我心！傷心傷心復傷心，不忍淚珠紛。來歡去何苦？江畔起愁雲。

子期子期兮，你我千金義，歷盡天涯無足語！此曲終兮不復彈，三尺瑤琴為君死。」

伯牙於衣袂間，取出解手刀，割斷琴絃，雙手舉琴，向祭石臺上用力一摔，摔得玉軫拋殘，金徽零亂。在旁的鍾父大驚，問道：「先生為何摔碎此琴？」

伯牙道：「摔碎瑤琴鳳尾寒，子期不在對誰彈？春風滿面皆朋友，欲覓知音難上難！」

——原載二〇〇一年十月十日《湖北文獻》第一四一期

漁人正在吆喝魚鷹下河捕魚。

漓江夜晚看魚鷹

旅行團一行走出桂林機場後，即有當地地陪小姐接機，在夜色蒼茫中我們驅車直往桂林市區進發。地陪朱小姐首致歡迎詞為開場白，接著概略介紹桂林山水及遊程，以引起大家的遊興。她說：「你們要不要看魚鷹抓魚？看魚鷹抓魚，只能晚上看；因為魚鷹眼睛是屈光體，白天畏光，只能在晚上牠們才能大顯身手。」

於是在一天晚上，她安排我們看魚鷹捕魚。

魚鷹，是一般人對牠的俗稱，在古籍及各種字詞典上找不到「魚鷹」這種鳥名。牠的學名叫鸕鷀，《本草綱目》引《爾雅・釋名》叫鶿和水老鴉。著者李時珍謂：「鸕鷀，處處水鄉有之。似鶂而小，色黑，亦如鴉而長喙微曲，善沒水取魚，日集州渚，夜巢林木。南方漁舟，往往糜畜數十，令其捕魚。」

鸕鷀一名鷀，又名摸魚公，游禽類。三峽人叫牠烏鬼，四川臨水居民皆養此鳥，繩繫其頸，使之捕魚，得魚則倒提出之。杜甫詩：「家家養烏鬼，頓頓食黃魚。」即詠此鳥。

漓江興坪鎮有地名漁村，居民多以捕魚為業，但漁村未見一張魚網，引起當時來遊者美國前總統柯林頓的好奇。原來他們捕魚都用魚鷹，不必張網。每到夜晚，江中漁火，扁扁竹筏，漁人吆喝之聲，此響彼落，魚鷹在水上蒐游，載沉載浮；與海上張網捕魚情景，卻大異其趣。

那天晚上，我們從桂林市漓江邊一處漁船碼頭登舟，當天天氣晴朗，皓月當空，江中漁火閃爍與天上星光相映照，象鼻山上下燈火通明，大放異彩。上游之桂林「桂河大橋」（不知橋名，姑妄稱之）。汽車絡繹於途，倒映江中，形成一道紅色火龍，隨波蕩漾；而沿岸街市燈光，與江水倒影相掩映，使人目眩神迷。漓江之夜，燦爛輝煌，斑斕而絢麗，不知哪是天上星光，哪是漓江燈火！

我們登上輪船後，漁人便駕著竹筏，帶著四隻魚鷹，另魚簍、竹篙各一，隨江輪上下划行。筏前懸著兩盞大燈，再無他物。就這麼簡單的裝備，便可捕魚作業。而所謂竹筏，也不過由五根粗竹編組而成，輕而快速。

首先四隻魚鷹，一列排站在筏邊，牠們形似企鵝，但沒有企鵝的大肚子，昂首待發而神氣十足。只見漁人一聲「喔賀……」那頭號魚鷹便撲通下水。接著一聲吆喝，便一隻隻跳下，動作快速：而第四隻魚鷹卻被輕繫其足，不見動靜。詢之漁人，謂其身體不適，讓牠休息一下。

不過幾分鐘，只見一隻魚鷹便喜孜孜跳上竹筏，口含一條大魚，頭下尾上，吞吐不得，只好昂首引頸，讓漁人為其解困。原來牠們的頸上早已被輕綁繩線，使其無法得魚私吞，必交主人後，另外給其溫飽。說實在的，讓牠私吞吃飽了，便不想幹活，那漁人養之何益？可是見牠交完魚獲後，昂首引頸站立不去，好像向主人撒嬌，又像向主人討賞。漁人便用掌心向下，輕按示意，牠便轉身離去，跑到竹筏邊，洗洗嘴巴擦把臉，再排班待命。

魚鷹都經過訓練，牠們下水後，總在竹筏不遠處尋找獵物，萬一跑遠了，聽得出主人的聲音，便辨知魚筏的位置。魚鷹在水中潛下浮上，主人便在竹筏上大聲吆喝，一方面為牠們加油打氣，一方面使其辨認方向，牠們如有所獲，便不會認錯主人，更不會錯交獵物。

接著一隻隻水老鴉，都含回獵取物高興地送交主人，主人取下後，便按手示意說好，動作同前，只有沒有捕到魚的，一時卻難以上岸。而那隻身體不適的魚鷹，經過短暫休息後，主人便以竿頭撥解其繩，吆喝牠下水。大概牠休息時已養精蓄銳，不願落居「人」後，不過幾分鐘，便含回一條大魚，比那第三號還跑得快幾步。當牠上岸交魚時，腳下尚留有一縷細繩，我們都認得出牠是原來的那隻病鷹，大家都為牠鼓掌叫好；主人也含笑代為答謝。

我們參觀大約半小時，牠們已捕到七條大魚，每條約十兩重。因為是示範表演性質，說不上滿載而歸。當漁人向我們揮手再見時，我們也已看得盡興準備下船了。

——原載二〇〇一年十二月十六日《青年日報》

桂林漓江象鼻山。

四絕兼美遊桂林

在桂林機場，有兩個象形文字，地陪小姐要我們猜認。大家抬頭觀看，機場屋頂作波浪起伏形，好像一個「山」字。「那對面一個銀色浮雕呢？」大家一時還認不出。

「那浮雕像不像一個『水』字？」地陪小姐馬上提供了答案。她表示，桂林山水，中外聞名，這是我們桂林兩個招牌字。「桂林山水甲天下嘛！」有人搬出這句大家都熟悉的古話。

最早說「桂林山水甲天下」的，是宋朝王正功，他只是對桂林山水作概括性的讚美。遠在唐朝韓愈就有「江作青羅帶，山如碧玉簪」的詩句，將桂林的奇山秀水，分開來加以謳歌與讚頌。

其實，這兩位先賢，和古今來的騷人墨客，只是在桂林的奇山秀水上做文章，尚未見有歌頌桂林四絕——除山青、水秀以外，尚有洞奇與石美，也稱為桂林四大特色。因為古代沒有電力照明，科技不發達，一些奇岩異洞，尚未被世人發現，除在地面所能看到的，一些險峻多姿的石頭以外，至於那些岩洞內，千萬年來的由溶岩、石乳所滴成的奇巧乳石，迄近年來始呈現在世人眼前。

遠在三億多年前，這裡曾是一片浩瀚的大海。斗轉星移，滄桑巨變，地殼運動使海底抬升，大面積的碳酸鹽岩出露，在長期溼熱氣候的風化作用下，發育成典型的岩溶峰林地貌，形成了桂林地區千峰環立，一水抱城、洞奇石美的獨特景觀，這便是今日桂林人標榜的四大特色。

廣西全境大部分是石灰岩層，千萬年來，受雨水的溶蝕，石灰岩地形特別發達，奇形異狀的石灰岩洞和秀峭的石林遍布。石林陡峻孤立，相近不相連；或平地拔起，一峰獨秀，形成許多峰林、峰叢和孤峰。桂林陽朔一帶的漓江，兩岸丹崖翠壁和清澈江流相映，風光秀絕，美景如畫，有「桂林山水甲天下，陽朔山水甲桂林」之稱，成為中外遊客最為嚮往的旅遊地區。

漓江發源於廣西東北興安縣貓兒山，東北流入桂林，再往東南流至陽朔，在梧州匯入西江。從桂林至陽朔水程八十三公里，被稱為「黃金水道」。印象深刻的景點有望夫石和冠岩。前者酷似一婦人背子望夫之神態，越看越覺相像；後者山似紫金冠，岩分四洞，洞洞相連，內有清流注入漓江，並可從洞內張望洞外的山光水色。其次有畫山和黃布倒影。前者在一平直削壁上，布滿各種顏色的石紋，縱橫交錯，極像九匹形態各異的駿馬，栩栩如生，使人深感自然界的神奇。而黃布倒影，乃大塊崖壁上色彩斑斕的石紋，像一匹黃布倒影水中，此處正好領略「船在青山頂上行」之妙趣。

自陽朔至平樂水程二十七公里，被稱為「鑽石水道」。「山水甲桂林」之處，大都在此段江岸的峰巒水影，和溯江而上的興坪美景。興坪，山峰密集，綠水迂迴，青山浮水，景色清幽，有「陽朔山水在興坪」之稱。

此段印象深刻的景點，有碧蓮峰和書童山。碧蓮峰，山勢嵯峨，拔地而立，東臨漓江，山峰倒影水中，異常秀麗，正像出水的芙蓉，濯清流而更艷。而書童山，右臨漓江，挺拔峻秀，石壁如削。半山處有一巨石矗立，高丈餘，似寬衣大袖的古代書童，在此捧書誦讀。

桂林陽朔碧蓮峰。

其他像高田地區的石林聳秀，奇峰簪立，景色迷人。而五指山、螺螄山和龍頭山，均各有其形貌秀峭與奇特，「群峰倒影山浮水，無水無山不入神」，使遊人望之移情頷首。

百里漓江，酷似一條青羅帶，蜿蜒於萬點奇峰之間，漂浮在不挾泥沙的澄清秀水之上。而桂林諸山，因石灰岩地層發達，大都平地而起，多為尖頭窄金字形山貌，猶如雨後春筍般形成石林。所以韓愈說「山如碧玉簪」，大都指山貌上尖下寬或似筍尖纖巧的山峰而言。真正能做玉簪的，只有漓江的蠟燭峰，顧名思義，只須巧匠加工縮小，即可作為穿插髮髻之用，真是巧矣妙哉！

而這些奇山異峰，大都為岩石所構成，外為青山綠樹所覆蓋，不見美石原形；只有露出半岩的，才可使人移神作石美之讚。而真正裸露的，如駱駝山、望夫石、朝板山，和荔浦的神龜望月，更使人驚嘆大自然的匠心獨運。

桂林為典型的岩溶峰林地貌，其廣泛分布的石灰岩層，在大自然的作用下，歷經億萬年的風化浸蝕，除形成千奇百態的山峰以外，尚有溶洞和地下河。可謂無山不成洞，無洞不奇，洞內暗水互通，上層岩溶下滴，積久形成洞內奇景，和地下河的運行，以及各形各狀纖細精巧的鐘乳石。狀人擬物，無不維肖維妙，鬼斧神工，神奇至極。

當然，這是歷史的智慧，大自然的天工雕琢，天使的巧匠，模擬人間物用，才能用妙手捏物塑成各種美景妙物。如那些石乳、石筍、石幔、石花，以及翠屏、物像，在彩色燈光照耀下，溢彩流金，使人目不暇給，嘆為觀止。

這些岩洞最大的為豐魚岩。豐魚岩在荔浦縣，有「一洞穿九山，妙景絕天下」之美稱，被譽為亞洲第一洞，全長五千三百公尺。洞中大小廳相連，高大寬廣，且有三千三百公尺的暗河，可乘舟攬勝，是世界罕見的特大溶洞。洞內分四大遊區：一是天上人間攬勝，主要名景有定海神針、寶塔王國，無不使人讚絕。二是暗河神祕之旅，漂流一千三百公尺。兩岸乳石千姿百態，如禽似獸，予人以新奇迷離之感。三是錦繡百寶花苑，內有荔浦芋王露出真容，金山銀山，光彩奪目。四是探險尋夢之路，乘船遊程兩千公尺。船下流水潺潺，兩岸怪石迎面撲來，一路險象環生，有驚無險；及至出洞，豁然開朗，真有道不盡的妙趣。

其次為銀子岩，亦在荔浦縣。該岩洞貫穿十二道山峰，屬層樓式溶洞，現已開發遊程二公里。迂回曲折，神秘幽探，分為下洞、大廳、上洞三部分。匯集了不同地質年代發育生長的各類型的鐘乳石。尚有佛祖論經、獨柱擎天、混元珍珠傘等，形象甚為逼真。崖板下懸貼著很多鐘乳石，題為「母愛」，名副其實；只是不遠處赫然有一具「生命之源」，造形極為神似。有人看後，會心一笑；有人看後，掉頭就走，反應各自不同。

銀子岩景觀以雄、奇、美獨領風騷，被譽為「世界岩溶寶庫」，是大自然的藝術之宮，享有「世界岩洞奇觀」之美稱。

最後為蘆笛岩，該岩洞在桂林市光明山。岩洞雄奇瑰麗，縈迴曲折，遊程約五百公尺。洞內由大量天然石鐘乳組成各種景物。最著者，有圓頂蚊帳，巧奪人工。尚有獅嶺朝霞、雲臺攬勝、盤龍寶塔、簾外雲山等勝景。且有花果山模擬孫悟空出生、戲耍之所。最後有水晶宮一景，雖未讓人參觀，但彩色燈光映襯下，望之璀燦奪目，真如水晶所作的宮殿，備極珍巧。使人想起歐陽修的詩句：「水晶宮鎖黃金闕，故比人間分外寒。」想月中「廣寒宮」當可比之。

——原載二〇〇二年一月二十日《人間福報》

火焰山。

行過火焰山

你到過火焰山嗎？火焰山在哪裡？我們最先知道火焰山這名字，大都來自《西遊記》的故事，故事中火焰山這個模糊不具體的概念，現在想要認識它，可以自己去體驗一次。

話說唐僧師徒四人，往西天取經時，行經一處，漸覺熱氣蒸人，腳底發燙，行進困難。詢問當地老者：始知此地喚做火焰山，正是西行必經之路；卻有八百里火焰，四周寸草不生，若過得此山，就是銅腦蓋、鐵身軀，也要化成汁哩！

那麼，火焰山是怎樣形成的呢？據書裡土地公說：當年孫悟空大鬧天宮時，被捉住放進了太上老君的八卦爐內，大火鍊了七七四十九天，本以為他被化成灰燼，結果還是讓他逃走了。逃出時被他踢掉的幾口火磚，恰巧落在此地，便化為火焰山，一直烈火不熄。

此次西行，幸賴孫悟空大戰鐵扇公主，三調芭蕉扇，將火焰搧熄，始得以繼續登程。當年唐僧在取經途中，曾去過火焰山不遠處的高昌王國，吳承恩也可能到過新疆，憑他親身的經歷，再加以誇大渲染，使火焰山披上了一層神秘的色彩，成為傳聞天下的奇山。

火焰山位於新疆吐魯番盆地中部，該盆地有海拔低、氣溫高等特點，堪稱全國之最；地表溫度曾高達攝氏八十三度以上，素有火洲之稱。而火焰山的夏日平均氣溫也接近攝氏四十度，地表絕對溫度可以達五十度，甚至七十度以上。因山色赤紅，山岩熾灼，氣流滾滾，酷似烈焰，以火焰山命名，可謂名副其實。

我們選在陽曆九月上旬，作絲綢之路旅遊，正是不冷不熱的天氣。車從烏魯木齊啟程，經過數道漫長的戈壁灘，向吐魯番進發。因車內有空調，尚不覺得炎熱；等到快接近火焰山時，心情便緊張起來，身體好像發熱，生怕難耐當地高溫。

我們到達時，正是正午時分，天氣晴朗，火傘高張，氣溫大概在攝氏三十八度左右；可能是一時心情高興，卻忘記炎熱。當地生意人牽著駱駝要我們騎著照相，收費不多；我們便在「火焰山」石碑前，選擇各種背景留影。大家穿著夏季衣衫，各自活動，忍受一時熱浪。在新疆旅遊，由於氣候乾燥，只覺口渴喉乾，不斷猛喝礦泉水；但是無論如何炎熱，身體並不出汗；而喝下的水分，都從不斷地「唱歌」時排掉，人好像得了消渴症一樣。

照完相後，我們才有時間細觀山景，火焰山並不算高，只是東西綿亙，無法得窺全貌。山上果然寸草不生，火紅耀眼，山軀褶皺排列，正如圖片所見。我們觀賞的地點，乃在一塊小戈壁灘上；反身向後看，卻顯現一片廣大的綠洲，房屋櫛比，阡陌縱橫，和平地省份毫無二致。

火焰山東西長達一百公里，南北寬約十公里，海拔約五百公尺，最高峰在勝金口附近，海拔也僅八百五十一公尺。在億萬年前，由於地殼橫向運動，留下無數條褶皺帶，和大自然的風蝕雨剝的道道沖溝，便形成了火焰山起伏的山勢和縱橫的溝壑。夏日陽光照射在山勢曲折的紅色山岩上，紅光閃爍，雲煙繚繞，猶如烈焰飛騰。唐代詩人岑參，曾有「火雲滿山凝未開，飛鳥千里不敢來」之句，描寫尤為深刻。

稍後，我們繞道去參觀柏孜克里克千佛洞，車行在一道深邃山谷中，正是火焰山的背面。左邊是一片高低起伏的小山，有林木樹蔭；右邊則是一道連綿高起的沙丘，飛鳥不入，無路可通。據說當年拍攝西遊記電影時，就是在此地將人員和器材吊上山製作的。

不久，我們來到千佛洞，洞前正是火焰山的最高峰，仍是寸草不生，沙磧堆山，溝底卻有水流和果木之類。後來車子便從此處沿溝開出，是最接近火焰山的一段旅程；雖然靠近的是同一座山，但在它的背面循行，並沒有像在它正面那種炎熱的感覺。

火焰山雖然童山濯濯，一片紅色山岩；卻有六條溝谷蜿蜒伸入它的身軀之中，它們各有不同的風貌和特色，而以葡萄溝最為著名。新疆雖然年雨量稀少；但水源卻很充沛。人們利用天山的積雪，消溶而成的地下潛流，創造發明了「坎兒井」這絕世的水利工程，將地下水引出地面，作為飲水和灌溉之用，因而出現許多沙漠中的綠洲。

葡萄溝在火焰山的西段，長達八公里，最寬處二公里，中有一條小溪流貫其間，兩側山坡地帶和進出通道上端，全是層層疊疊的葡萄架，濃蔭蔽日，泉水淙淙。溝內樹木茂密，空氣濕潤，氣候涼爽宜人。串串葡萄，晶瑩碧透，蔥翠欲滴，山溝內就是一座葡萄城。

在葡萄架下，觀賞維吾爾歌舞，品嘗甜美可口的葡萄；較之當年孫行者在山前購買糕餅，那種像火爐裡的灼炭，熱燙難以入口，完全是兩個不同世界的場景。

——原載二〇〇四年十二月二十六日《青年日報》

烏魯木齊附近的天池，古稱瑤池。

探訪天子、王母的足迹

相傳周穆王率領大臣們西征崑崙丘，經外交使臣安排，與西方之國君西王母盟會於新疆東部的哈密。當時西王母係以女王之尊，盡地主之誼，以國宴款待周天子：除擺設哈密大餐、烤全羊招待以外，並饗以瓊漿玉液，極盡古代排場。而周穆王乃執白圭，玄璧和錦組相贈，兩國君主相得甚歡。

次日，穆王便在瑤池設宴答謝，他們驅策著八匹駿馬，兼程奔躍，通過吐魯番盆地，來到現在的烏魯木齊，盤山而抵達瑤池。到時已經落日西斜，華燈初上；而西王母更是盛裝靚飾，帶領着仙列女樂從群玉山乘輦而來，趕赴瑤池之宴。穆王除攜帶東土的古味以外，並採購當地特產，以盛宴招待。在星月交輝之下，兩國君主高舉著葡萄美酒夜光杯，為彼此稱頌。湖邊的瓊花玉樹與湖中的粼粼銀波，交相映襯；仙樂風飄，悠揚悅耳。如此良宵美景，不知是天上，還是人間！

酒過三巡，女王乃起而歌曰：

白雲飄在天空，
大地自然形成，
道路悠長遙遠，
山河阻隔交通。
祝您長生不老，
還望再度光臨。

天子稱觴，也回答了一首歌：

等我回到東方國土，

治理好我的政事，
待到三年以後，
我想再度訪臨。

女王仍再起而歌，有所謂「吹笙鼓簧，心中翱翔」流露出依依不捨之情。周穆王有否再訪西土呢？答案是否定的。唐人李商隱曾以〈瑤池〉為題，詩曰：「瑤池阿母綺窗開，黃竹歌聲動地哀。八駿日行三萬里，穆王何事不重來？」代為表達出此次相會後女王的思念之情。

由於古籍《穆天子傳》和《列子》諸書的記述，及古今來騷人墨客的吟詠讚頌，大家附會其事；使瑤池成為一處神秘仙境，讓世人無限嚮向，爭睹廬山真面目。

瑤池到底在何處呢？現在大家才知道，原來就在現在新疆天山的天池，為世界著名的高山湖泊之一，自古即有瑤池、神池的美稱。它以其高山冰磧湖的獨特風光，和上述傳說中的神話故事而揚名於世。

對瑤池的神秘和勝景，個人早有嚮往，這次旅行團行程中安排有天池之旅，大家無不高興萬分。

天池，坐落在博格達峰的半山腰，海拔一九八〇公尺，距烏魯木齊一百一十公里，現有高速公路可達。出烏魯木齊東行，經阜康入天山壑口，沿盤山道路蜿蜒而上，登達一道寬大的壟壩，天池豁然就在眼前。先前上山途中的小雨，這時已雨過天青。站在岸壩高處，放眼望去，海拔五四四五公尺博格達雪峰就在湖的南端，連綿起伏，三峰並起，突兀倚天。峰頂的冰川積雪，閃射出皚皚銀光，與碧綠的湖水，青嫩的草原，和蒼藍的林海，交相輝映，構成一幅綽約多姿的獨特風光，予人一種清新之感。而雪峰的倒影，映入湖中，格外晶瑩悅目。更因為由冰雪溶成的湖水，無環境污染，有如冰心玉潔，而水淨沙明。船行其中，清波瀲灩；不但全身涼爽，也洗盡一身塵俗。

乘船遊湖，對天池近處景物，可從各個不同角度來欣賞。環湖層巒疊翠，雲杉茂密，奇石嶙峋，牧群點點。湖面水平如鏡，池水清澈碧透，閒雲初起，花木交陰，儼如一幅旖旎迷人的山水畫面。

湖的南端有小山斜出，上有聚仙亭，有人說是當年蟠桃會眾仙聚會之所；而北面的王母廟，便是西王母的別墅。更傳說天池是王母娘娘的沐浴池，而山腰東西兩個小天池，一為王母的梳洗澗，一為她的洗腳盆，實景與傳說相印證，好像確有其事。

那麼昔日周天子與西王母宴飲之所呢？傳說湖濱那塊碧草如茵的靜謐之地，林木疏落，曲徑通幽，正好是兩位國君稱觴相慶、仙女奏樂的神祕境地，到底是真是假，留給後人去冥想與遐思。

離開天池，車行越過數道漫長的戈壁灘，經過吐魯番、鄯善，來到東疆的門戶城市，被稱作是「小新疆」的哈密；又因該地生產哈密瓜、葡萄、桃、李等多種水果，又有水果之鄉的美稱。哈密古為伊吾國，唐玄奘去西天取經時曾道經此地。傳說穆天子與西王母曾在此地結盟。我們曾在哈密住過一晚，除參觀一些佛寺、古城和到大草原騎馬以外，想探訪昔日周穆王與西王母會盟之處，很難找到一個可以問津的人。也許這裡沒有可以媲美瑤池那樣的觀光景點，無法作神話傳說的談助吧！

——原載二〇〇五年二月六日《青年日報》

昔日京師長安人士，在此折柳送別。

微雨灞橋行

柳樹纖弱，枝葉下垂，款擺生姿，動人離情。昔讀《幼學瓊林》，有「王維折柳贈行人，遂唱陽關三疊曲」之句，知道古人有折柳送別的韻事。

昔人送別之地，除一般長亭、南浦以外，最著者為西安灞橋。不但一般士人、將帥在此，連帝王、宮妃亦然，而史實亦多。所以此次西安之旅，行前曾要求旅行社安排去灞橋。承辦人員答以不知灞橋在何處，沒看頭的地方不去；實際上大家車行橋上，卻渾然不知，並非失之交臂。

從西安城內出發，循西臨公路東行，前往臨潼參觀秦俑及華清池。車行不久，見有「往灞橋、灞橋車站」等字樣，我猜想此處即為昔人送別之地，剛好順路而過；便要求導遊停車一覽。當時因細雨霏霏，下車不便，經導遊指點，只匆匆一瞥，還不及走馬看花，印象不很深刻。

當時在車內一直想：西安古蹟名勝甚多，而灞橋即為其中之一。昔秦始皇送別王翦伐荊，紆尊降貴；漢高祖入關，接收秦二世出降，進軍咸陽後，回師灞上；漢元帝餞別王昭君，一去紫臺連朔漠；和一般士人折柳送別，均在此處。二千多年來，他們留下許多可歌可泣的史實、和世人咨嗟詠嘆的詩歌。回程時一定要上橋憑弔一番，探察古人的足跡。

參觀秦俑後回程，時已午後，天氣仍陰晴未定。上灞橋時，雖然仍有微雨，但不礙漫步與攝影。我要求導遊，只需數分鐘，讓我上橋踱蹀一番，瀏覽和憑弔古蹟，以償心頭宿願。

灞橋，在西安市東十公里，橫跨在灞水上。灞水，現稱灞河，源出陝西省藍田縣東，西北流經長安，過灞橋後流入渭河。從地圖上看：西安市東部全劃為灞橋區，灞河斜倚市區東北，流至灞橋處河面漸寬，正需建橋鋪路，以利東往行人。

古人送別，折柳相贈，楊柳依依，有挽留之意。別離人看到柳絲搖曳，所謂「弱柳迎風疑舉袂」，難免執手難捨。而送行人每見柳絮紛飛，傷心親友此去，飄蓬無定，送君千里終須別，兩情黯然，故灞橋又名銷魂橋。

剛上灞橋，一陣古意襲上心頭。以前在圖片上，見橋頭豎有「灞橋」二字牌坊；曾有人為文，說橋頭曾刻有賀之章〈楊柳枝〉石碑，如今均已不見，是否在另一端橋頭？不及親睹。我行走橋上，天色未開，正是「灞橋微雨浥輕塵」的情景。橋上車輛絡繹不絕，不見有行人。橋身建材採用鋼筋水泥，路面寬廣平坦，兩旁設有精緻護欄，上有高架拱型路燈，完全是現代化建築，看不出古代砌石築土的痕跡。

俯視灞水河床，蔓草叢生，大部變成河川地。昔時滔滔的灞水，只剩中間一道涓涓細流。有人在橋下撿拾雜物，河川似可涉足而過。時代變遷，如今送行多在機場、車站，再沒有人來灞橋了。

在橋上行走未半，因雨絲加密，只好及時折返。剛好橋頭有株柳樹，千縷綠絲條，好像在向我招手；遂攀折一枝送給自己，附庸昔人「依依渭南」的風雅。

小立片刻，想像昔人送別的場景；除上述諸重大送別場合外，李白即經常來此處，他的〈憶秦娥〉，有「年年折柳，灞陵傷別」之句。王維的〈渭城曲〉，應該在秦故都咸陽，乃送友人西出陽關；與灞橋之送友東行，彼此背道而馳。雖折柳相贈的韻事相同，但以此處較為聞名。

這次總算去過灞橋了，檢視所有照片，微雨灞橋行，猶使人憶念難忘。

——原載二〇〇五年三月號《大同雜誌》

酒泉公園內，左公手植柳樹，碩果僅存的一棵。

親訪左公柳

大將籌邊尚未還，湘湖子弟遍天山。
新栽楊柳三千里，引得春風度玉關。

此次隨團作絲路之旅，回程在一處地方午餐，我問領隊說：「此地何名？」

「玉門。」領隊回答。

「玉門？」我一陣驚喜：「玉門不就是有左公柳的所在地嗎？」

果不其然，剛進街頭，便見垂柳成行，款擺生姿，較之他處濃密。馬上使我想起羅家倫的《玉門出塞》名曲：「左公柳拂玉門曉，塞上春光好。天山溶雪灌田疇，大漠飛沙旋落照。……」這兒正是該曲所誦詠的地方；但是街頭所見這片垂楊，似是新栽，並不像是昔日的左公柳。

此行之前，已先看過一些絲路資料，知道左公柳迄今已百餘年，目前存有左公柳古樹的地方，只有三處。其一便是此地附近的玉門古城；可惜該地不在此次行程之內。尚有在嘉峪關東門外和酒泉公園兩處；而真正為左公親栽的柳樹，乃在後者所在，所幸這兩處都在行程之列，尚有機會憑弔和參訪。

左宗棠，字季高（一八一二—一八八五），清湖南湘陰人，道光舉人。咸、同兩朝，以四品京堂統軍，攻洪楊，剿捻子，所向有功。歷任浙江巡撫、閩浙總督、軍機大臣等要職。在陝甘總督任內，適新疆回部反清，奉命兼任督辦新疆軍務，於清光緒元年（一八七五），率軍出嘉峪關，討伐入侵叛亂的回部領袖阿古柏，歷時三年，收復了烏魯木齊、和闐等地，復進兵平定天山南北路，厥功至偉，封恪靖侯。

左氏出關後，感到塞外滿目荒涼，缺少青樹綠蔭，他率同的精幹子弟兵；不但戡平了回變，並修築了一條三千七百多公里的西北交通幹線，在兩旁栽植柳樹成行。不久之後，這些柳樹都已長成，放眼一望，一片青蔥的綠色，吹拂在天山山脈沿線；使往來的旅客，都得到清涼的庇蔭，因而稱為「左公柳」，以示讚頌和紀念。

清光緒四年，大詩人楊昌濬應邀來幫辦軍需，看到塞外的楊柳青青，便即景寫了一首有名的詩句：「大將籌邊尚未還，湘湖子弟遍天山。新栽楊柳三千里，引得春風度玉關。」據說這首詩傳到肅州大營時，左宗棠遍示賓客，掀髯大樂；而「春風不度玉門關」的印象，使人亦為之改觀。

此次絲路之旅，我特別留意沿途是否有昔日的左公柳。據說左宗棠死後數十年，昔日所植的柳樹，已被砍光。是否因新疆少雨，防礙坎兒井的水源；或無人灌溉保養，以致枯死而被砍盡，不得而知。

飛機係於九月七日晚降落烏魯木齊，次日即遊覽瑤池，隨即循廣大的戈壁灘，經達板城、火焰山、鄯善，而至東部的哈密。沿途均係沙漠，難得見有樹木；直到進入哈密市郊，才看到一些稀疏的垂柳，聊作點綴。倒是進入甘肅省境內，在昔日所稱的河西走廊四郡，北起玉門，南至永登，每個城市內外，都有綠楊映目，沿途則少見。而張掖、酒泉、玉門、永登市區，均柳行茂密，綠意可人；但看來都不像百年老樹，也都是後來栽植的。

正要進入嘉峪關時，適逢陣雨，大家快速通過，未曾留意外景；直到參觀完出關後，始見門外有一棵參天古柳，綠蔭蔽日，高約五層樓，青蒼挺拔，矗立路旁，這就是我第一次所看到的左公柳。因匆忙趕時間，照片未拍完整，但給人印象深刻。

進入酒泉公園，門口石碑上刻有李白〈月下獨酌〉詩句。再往前走，便是西漢驃騎將軍霍去病，灑酒於泉與將士共飲的「酒泉井」，旁立「西漢勝跡」碑一塊。園內垂柳成蔭，湖光鑑人，風景秀美；但我最要參訪的，乃是左宗棠親植的「左公柳」不可失去機會。

左公柳在園內西北角，首先映入眼簾的，便是一株蒼老而煥發生機的古柳，高約四、五層樓，枝幹歧出，樹葉茂密，覆蓋地面方圓數十公尺；雖時值仲秋，仍然綠意盎然，不見凋落。旁有一亭，左右各有數間平房，似供遊人憩息，或提供資料參閱，無暇細訪。最使我矚目的是那塊上書「左公柳」三個大字的告示碑：說明左宗棠一生的經歷與功績，並謂左公當年所率邊民與將士所植的柳樹，園內僅保存有三株。相傳此株柳樹，即是左公所親植，彌足珍貴。右上角書有文前所述詩人楊昌濬所題的〈左公柳〉詩句，名詩古柳，相得益彰，下面另有英文說明。

我抓住機會，將這棵左公柳的遠景、近景，從各個角度拍照數起，才留意樹前有一座漢朝建築風格的泉池，據說經年不斷湧出清澈的泉水。在此塞外少雨的河西走廊，有此自然清泉；與敦煌的月牙泉相似，令人頗覺不可思議。

——原載二〇〇七年七月號《大同雜誌》

在香港太平山看全港夜景。

幻彩詠香江

很多次出國旅遊，常在香港機場轉機；但從未進入香港市區一次，對香港的繁華昌盛，嚮往已久。這次有機會隨次子俊林，前往香港一遊，得償夙願。

香港本為瀕臨九龍半島的一個小島，原為一小漁村；自鴉片戰爭割讓與英國後，經英國政府近百年來經營發展，成為一國際現代化都市。一九九七年由中國政府收回後，承諾一國兩制，維持五十年不變；因此，馬照跑，舞照跳，擴充新機場，建設迪士尼樂園，大廈林立，交通便捷；更以題為「幻彩詠香江」的觀景設施，將繽紛璀燦的燈光，炫耀夜空；讓身為東方之珠的香港，更增添了不同的旅遊魅力，使國際觀光客絡繹不絕。

「幻彩詠香江」，這是一項世界級多媒體燈光音樂匯演。每晚八時起至八時十八分止，在維多利亞港兩岸，以香港為主體近五十幢主要建築物，使用電腦控制，屆時將一一亮起變化不同的幻彩燈光，並配以音樂效果和旁白，展現出香港的繁華風貌。

從節目涵義看，「幻彩詠香江」，甚富詩意，詩是美的化身。燦爛多彩的夜空，與水光上下輝映；使香港的夜景，平添迷幻的姿彩。以其創意新穎，別具巧思，已被「金氏世界紀錄」，列為全球最大型燈光音樂匯演。整個夜景表演，展現五個主題：

先以「旭日初升」作序幕，然後是「活力澎湃」、「繼往開來」和「共創輝煌」，最後以「普天同慶」為壓軸。在特別日子，還會加插海上煙火表演。所以去香港的遊客，觀賞夜空美景切不可錯過；而且要懂得選擇最佳觀賞位置，事先了解匯演的主題內容，才可飽賞夜空秀色，使你目眩神迷，享受心靈的饗宴。

觀賞香港夜景的最佳地點，除沿岸各大廈酒店的觀景長廊外，最佳觀賞位置，公認有數處，可從各個不同的角度，觀賞各種設計不同的燈景夜空。因此，去香港旅遊，最好有四天三晚行程，時間才夠分配。一兩個晚上也行，如只能住一天，則最佳觀賞地點，可選在九龍海濱長廊的星光大道。

在星光大道海濱，隔著維多利亞港，可直視對岸香港島、看似整齊劃一的海濱大廈上空、五顏六色的燈景圖案，使你眼睛發亮，心曠神怡。

從上空或大廈間反映到海水表裡的色彩圖案：有的一片紅霞，有的一片墨綠，有的一片灰白，更有的雜色相間、黃橙藍紫各色混陳。島上樓臺林立，各具造型，海水滔滔，倒影如畫，猶似蓬萊的海市蜃樓，天空與海底互換方位的幻景。使你不知哪是天上？哪是人間？

在晚上八時前，群眾都選好位置，拿著數位相機，引領相望，拭目以待。時間一到，「旭日初升」的序幕剛開，猶如阿里山的日出，各大廈間都放射出萬道霞光，一時幻彩齊出，各露鋒芒，將整個香港夜空，渲染成滿面紅暈，渾似清晨破曉。鐳射光射過維多利亞港照射到九龍上空；只是在星光大道上的觀眾，「只緣身在此山中」，無法反身看到九龍地區全部的燈光幻景。

在星光大道隔海望香港，自東徂西，從上環、中環、金鐘，經灣仔、銅鑼而至北角海濱，只見萬家燈火，繽紛燦爛，使你目迷五色，應接不暇。有幾幢高大建築物，看來特別醒目，也最搶鏡頭。

在上環近海邊有兩棟大廈等高並立，遠望似貼著一副紅色門神，忽而又變成一雙俊男美女，紅妝艷抹，反映在水中蕩漾。

再過來，有幢獨立最高層大廈，猶如臺北的一〇一大樓，參天聳立，好像一位歷經風霜的老人，昂首望世界。一身素服，白髮長髯，變色時，只是在灰白之間顏色深淺而已。所見每幅畫彩圖片，都有他的鏡頭。

在「老人大廈」近處，有棟較低樓層，儼似一位青春少婦，在此展示時裝。時而紅冠花格洋裝，時而淺紫旗服，有時全身桃紅，有時上紫下綠，淡妝濃抹總相宜，給港濱平添喜氣。

在中環的「中銀大廈」，她的表演方式，別具一格，全樓層只是一成不變的白色方形格子。時而正方形相連，時而菱形斜掛；偶爾也變成白色環帶，橫繫在各樓層間，目標最為顯明。

在中銀大廈右邊，是幾家聯合大樓，樓房呈四方形，彩色簾幕裡，像坐著一隻兔子、彎身做動作狀，可能係採自月宮玉兔搗藥的故事。

最後的壓軸節目「普天同慶」，大家同聲慶祝，薄海騰歡。戲法人人會變，各家巧妙不同。只見香港島左邊幾家聯合大廈，大家都像辦喜事一般，掛滿紅色布幔，彩旗飄揚；並有各種舞臺表演和彩色金字塔、金鐘等各種圖案，岸上水面都呈一片紅光，洋洋喜氣，猗歟盛哉！

您如下榻在九龍，在星光大道看過之後，第二天傍晚可坐地鐵到香港。在中環站下車，循花園道上行，不久即抵太平山山頂纜車站，搭乘陡峭的纜索鐵道上山，登上太平山塔樓五樓的觀景臺，俯瞰維多利亞港及九龍半島，可一覽無遺。霓虹燈點綴而成的天際夜色，有如「東風夜放花千樹，更吹落花如雨」，五光十色，使你大飽眼福，一時觀賞不盡。

如果您時間充裕，第三晚可參加海上觀光團，登上特備專船，於維多利亞港內欣賞表演，有人說明介紹，看得更為真實。

「幻彩詠香江」，主題多樣化；除夜景匯演外，甚富文藝氛圍。您如果是位詩人或詞家，面對璀燦奪目的火樹銀花，不由得詩興大發，吟詠不絕。您如果是位散文家，手上彩筆生花，可寫得天花亂墜，景景入墨。最看好是攝影家，能捕捉剎那於永恆，所留住的景象，也最為真切。

我不是詩人，也不是散文家，年登耄耋，老眼昏花，面對眩目夜景，看得我眼花撩亂；怎奈筆不生花，眼前有景道不得，看到的很多，卻只能寫出這些。

——原載二00九年七月號《文訊雜誌》第二八五期「銀光副刊」

沈園題詞壁——〈釵頭鳳〉．陸游。

沈園非復舊池臺

城上斜陽畫角哀、沈園非復舊池臺；
傷心橋下春波綠，曾是驚鴻照影來。

——陸游〈沈園懷舊〉其一

文前絕句是南宋愛國詩人陸游，在七十五歲告老還鄉後，重遊沈園，追懷昔日與愛妻唐琬遊園、定情與題賦〈釵頭鳳〉訣別之地。重睹昔日題詞，淒苦不忍卒讀；乃又賦二絕，極為傷感。

夢斷香消四十年，沈園柳老不吹綿；
此身行作稽山土，猶弔遺蹤一泫然。

——其二

陸游對唐琬用情之專，至老彌堅，雖然自己年已老邁，行將埋骨稽山；但是想到數十年前之舊情，仍感傷不已。傷心橋下，曾照過愛妻的影子；而今景物不依舊，人事亦全非，更覺淚隨詩下。

一、陸游、唐琬的婚姻悲劇

這故事要從頭說起：陸游，字務觀，號放翁，宋徽宗宣和七年（一一二五）陽曆十一月十三日，出生於越州山陰一個殷實的書香之家。幼年時期，正值金人南侵，常隨家人四處逃難。當時他舅父唐誠一家與陸家交往密切，有一段時期，兩家賃屋比鄰而居。唐誠有一個女兒，名唐琬，字蕙仙，從小聰明伶俐，喜歡讀書，學會吟詩作對，善寫文章。唐陸兩家均係書香門第，子女自然靈秀善學。陸游十二歲即能詩文，十九歲蔭補登仕郎，是一位前途有為的青年。這兩個年齡相若的表兄妹，情意十分相投，曾經共度過一段青梅竹馬、純潔無瑕的美好時光。青春年華的陸游與唐琬都擅長詩詞，常常儷影成雙，吟詩填詞，遇有佳句，便互相欣賞。看在大人眼裡，是天造地設的一對，可以親上加親，結成連理。於是陸家便以家傳一隻精美的鳳形頭釵作信物，訂下了兩人的終身大事。

在山陰府城禹跡寺南，有一片著名的遊樂勝地，為南宋越州沈家的私宅花園，簡稱沈園。池臺極盛，占地七十餘畝，園內亭榭樓臺，小橋流水，假山林蔭，花木扶疏，是江南著名的園林。每年春季對外開放，紹興的文人名流屆時均流連園內。陸游在婚前與婚後常和唐琬去園中遊賞，花前柳下，吟詩唱和，才子佳人，益增風采，共度過一段無憂無慮的青春時光。

南宋紹興十四年（一一四四），陸游年二十，英俊年少，詩才橫溢，與美麗多情的才女唐琬結婚。新婚燕爾，琴瑟和好，夫妻感情，如膠似漆。本來親上加親，最是好事；但看在姑母兼婆婆的眼裡，很不滿意。以為唐琬放任丈夫思想奔放，怠於學業，又聽信一位老尼姑算命胡謅，認為唐琬八字太硬，將來定會剋死丈夫。陸母一聽此言，嚇得非同小可，心想我這個寶貝獨生子，豈能被兒女情長所斷送；於是二話不說，逼著兒子立刻寫休書離婚。這一對恩愛的少年夫妻，忽聞此言，猶如晴天霹靂。唐琬幾乎昏倒過去，作為丈夫的陸游是應該盡到保護的責任；但是在封建禮教的壓制下，陸游並沒敢這樣做，只得向母親解釋、爭辯和百般懇求。而當一切的一切都無法說服母親時，他只好瞞著母親，表面上把唐琬休歸娘家，卻暗地裡在外賃屋相會；然而，時日一久，終為陸母所發覺。他們只好在母、姑怒責之下，忍氣吞聲被逼分離。後來陸游依母命另取蜀郡人王氏，唐琬也迫於父母之命和陸母之意，改嫁同郡宗室趙士程為妻。

二、兩首釵頭鳳・教人淚沾襟

宋高宗紹興二十三年（一一五三），陸游年二十九，赴臨川參加省試；次年，又參加禮部考試，兩試均名列第一。前一年，因權相秦檜之孫秦塤，適居其次，秦檜惱怒，罪責主試人員，由是嫉惡陸游，次年，竟將禮部考試名列第一的陸游，公開予以除名。專權跋扈若此，實非人所能忍。

禮部考試失利，返鄉後陸游悒悒不樂；加之伊人已去，觸景傷懷，情難自已。次年清明節，他情不自禁地又走進沈園，來到兩人定情的地方，想追憶往事；誰知冤家路窄，巧遇趙士程也偕同唐琬在此遊春，並與唐琬在池邊小徑相遇。當時四目相對，不知是驚、是喜、是悲、是怨，兩人互視默然。後來唐琬徵得趙士程的同意，遣小僮送給陸游一些酒菜向他致意。陸游回首前情，百感交集，不知如何答謝；只好吞下這杯苦酒，援筆在一堵粉牆上，題了一闋悲痛絕倫的詞句。

釵頭鳳　陸游

「紅酥手，黃縢酒，滿城春色宮牆柳。東風惡，歡情薄，一懷愁緒，幾年離索。錯！錯！錯！

春如舊，人空瘦，淚痕紅浥鮫綃透。桃花落，閑池閣，山盟雖在，錦書難託。莫！莫！莫！」

這一闋詞，寫盡了陸游的傷感和悲痛。千般哀傷，萬般無奈，均包含在「錯！錯！錯！」和「莫！莫！莫！」六字之中。

隔不久，唐琬再去沈園，讀了陸游的題詞以後，更是柔腸寸斷，黯然神傷；於是也和了一闋：

釵頭鳳　唐琬

「世情薄，人情惡，雨送黃昏花易落。曉風乾，淚痕殘，欲箋心事，獨語斜欄。難！難！難！

人成各，今非昨，病魂常似秋千索。角聲寒，夜闌珊，怕人尋問，咽淚裝歡。瞞！瞞！瞞！」

沈園題詞壁——〈釵頭鳳〉‧唐琬。

唐琬的心情，比陸游更為沉痛：「欲箋心事，獨語斜欄。」和「怕人尋問，咽淚裝歡。」那一片強顏歡笑，欲哭不能，「難！難！難！」和「瞞！瞞！瞞！」的隱痛，非過來人所能體會得到的。

這兩闋〈釵頭鳳〉八百多年來，不知傾倒過多少才子佳人、文人墨客，成為千古名篇；而沈園亦因此變成了千古名園。

我那次隨團參觀沈園，當導遊引導我們來到題詞壁、介紹兩闋〈釵頭鳳〉以後，有人提議說，柴老師會唱這兩首詞，於是大家起鬨要我吟唱；在不得已的情形下，我這八十四歲老人，沙啞著喉嚨，好不容易把它唱完；本來曲不成調，卻也贏得兩秒鐘的掌聲。

唐琬對自己的婚姻，無辜被拆散，所受創

痛極深。本來趙士程對她由憐生愛，亦可稍紓憾恨；可她「曾經滄海難為水」，對陸游一往情深，愛情的鬱結，永難解開；尤其是那次沈園巧遇，更使她隱痛的心，觸發難抑。經常「咽淚裝歡」，有苦難訴，不久即抑鬱以歿。

三、終身情纏綿、不堪幽夢太匆匆

高宗紹興二十五年，也就是在沈園題〈釵頭鳳〉那一年（一一五五），陸游年三十一，前一年十月因秦檜病死，朝廷便起用陸游為官，派赴福州寧德縣任主簿，從此展開他四十多年的宦海生涯。年三十九，受孝宗特達之知，賜進士出身。中年游蜀，為范成大參議官，以文字相交，不拘禮法，人譏其頹放，實在他總想自求豁達，來忘記婚姻上的傷心往事，只好自號放翁以自嘲。

雖然續娶王夫人，為他生下六個兒子，在放翁七十三歲時去世，享年七十一歲；可是在放翁文集裡，很少悼念她的詩文，只有〈令人王氏壙記〉，語極簡括，起以「嗚呼」，不及百字，對王氏極其平淡。而他對蕙仙的專情。只有用「除卻巫山不是雲」來形容，最為貼切。

在宦海生涯中，他曾兩度返鄉，每次都要到蕙仙的墓地去憑弔，和到沈園去尋找舊時的痕跡。年六十八，曾有〈沈園憶舊〉七律一首：

「楓葉初丹槲葉黄，河陽愁鬢怯新霜，
林亭感舊空回首；泉路憑誰說斷腸。
壞壁醉題塵漠漠；斷雲幽夢事茫茫，
年來妄念消除盡，回向禪龕一炷香。」

儘管他自己以為除盡妄念，以參禪拜佛來忘懷對昔日愛人的思念；可他除文前七十五歲時；有〈沈園懷舊〉兩首絕句以外，在年八十一歲時，還在夢裡遊過沈園，又賦二絕，以誌哀思。

其一

「路近城南已怕行，沈家園裡更傷情；香穿客袖梅花在，綠蘸寺橋春水生。」

其二

「城南小陌又逢春，只見梅花不見人；玉骨久沉泉下土，墨痕猶鎖壁間塵。」

放翁對蕙仙的鍾情，到老不渝，終身為愛纏綿，見於詩詞者約百餘首，古今少有。他在開禧三年、八十三歲時，又有禹祠詩：「故人零落今何在？空弔頹垣墨數行。」

嘉定元年、八十四歲時，曾有遊春詩：「沈家園裡花如錦，半是當年識放翁；也信美人終作土，不堪幽夢太匆匆。」這是他逝世前兩年作的。春蠶到死絲方盡，蠟炬成灰淚未乾；真令人迴腸蕩氣，為之感傷不已。

南宋寧宗嘉定三年（一二一〇）庚午春正月，放翁懷著「死前恨不見中原」的憾恨，和對蕙仙的真情，齎志以歿，享年八十六歲。

四、沈園重建．煥然一新

南宋時期的越州山陰，現已劃併為浙江省紹興縣。沈園千百年來數易其主，園林頹廢，草木荒蕪，至一九四九年，僅存東南一隅。一九八七年，地方政府按原沈園原貌平面圖重建，分三期工程整修，已建成面積五十七畝新園林，過去原貌重現，並擴充新景點。園內中央為一大荷池，東有冷翠亭，西邊新建有拱石橋，即昔時放翁自名的傷心橋，現題名為放翁橋。橋下綠水悠悠，波平如鏡。——「傷心橋下春波綠，曾是驚鴻照影來。」即指此地而言。從前的釵頭鳳題詞碑，仍在園內南面舊址。此次重修題詞壁斷垣，重鐫放翁、唐琬〈釵頭鳳〉詞，展現昔時原貌。

東區新建有陸游紀念館，由陸游史跡陳列、碑廊、務觀堂等部分組成。釵頭鳳碑東北有葫蘆池，旁有小徑，傳為陸、唐最後一次巧遇之處；上有「草亭」傳為昔年唐琬與後夫趙士程遊春餐飲之地。到紹興的遊客，必到沈園；而題詞碑為觀賞之重點。陸、唐淒美的婚姻悲劇，因〈釵頭鳳〉而流傳千古；凡讀過此詞的人，無不為之感傷、嘆息與同情。

——二〇一一年一月十五日

東方明珠電視塔大放光明。

夜遊黃浦江

子在川上曰：「逝者如斯夫，不舍晝夜。」這是上海世博展中國館、《光陰的故事》短片的開場白，引用《論語》孔子的話，說明由於光陰的流逝，社會習俗和人民生活亦隨之進步和改善。

這句話如果拿到〈夜遊黃浦江〉文中來，亦甚為恰當。上海市原是黃浦江邊一個小鎮，後來逐漸沿黃浦江向下游發展，物換星移，現在已成為世界上聞名的大都市。黃浦江由南向北流，貫穿上海市區，已將上海劃分為東西兩大都會區；一如塞納河貫穿巴黎市區，將巴黎區分為左岸和右岸一樣；但兩者乘船遊江的景色與感受，又迴異其趣。

我第一次到上海，是在一九四九年，當時家鄉已被中共地下部隊占領，將展開清算鬥爭。我在家鄉無法生存，只好棄學從軍。從武漢經岳陽而輾轉到浙東，在寧波駐防數月；不久，隨部隊自寧波經上海而至閩南。在上海等船時耽誤數日，部隊暫時住在黃浦江邊一個大賣場的廠房，大概在現在外灘上下。當時因為兵荒馬亂，部隊隨時會乘船開拔，大家不敢隨意外走。晚間我和一位朋友就在附近沿著黃浦江畔散步，訴說彼此的心事。當時京滬一帶，情況不甚穩定，大戰一觸即發。我們望著黃浦江的悠悠水流，和兩岸的高樓大廈，感嘆舉目有山河之異。那時上海雖很繁榮，但比現在差得多了。黃浦江兩岸亦無現在這麼多高大建築物；而我們只是在江邊走走，沒有坐船遊江的感受，算起來已是六十多年前的往事了。

這次隨團參觀上海世博展，看完臺灣館以後，已是晚上十時多，大家坐船回飯店。這時正是市區燈火最輝煌燦爛的時刻。趁此時坐船夜遊黃浦江，別有一番風味。

在巴黎夜遊塞納河，只是沿著河中兩個小島圍繞，右岸是高級住宅，燈火不甚明亮，左岸仍隔鬧區尚遠，一片靜謐；大家所注目的，便是巴黎高聳的鐵塔，九點鐘一到，全鐵塔燈火通明，塔身一片金黃色，甚為耀眼而悅目。而夜遊黃浦江則不同，無數幢分布在兩岸的大廈高樓，鱗次櫛比地羅列在黃浦江兩岸的建築物，閃爍的彩燈，猶如滿天繁星，令人恍覺來到玉宇瓊池。又好像山東蓬萊的海市蜃樓，在上海出現。夜間乘船觀賞黃浦江兩岸景觀，與白天在外灘所見，又賞心悅目多了。

船在緩緩地逆水航行，兩岸的景觀也較為明顯。據說這是世博的遊船，特別讓遊客有機會細觀上海夜景，個人觀賞的聚光地在外灘，而目標則在外灘許多高大建築物的夜間燈彩；尤其是與外灘隔江相望的東方明珠電視塔，與其附近的金茂大廈等建築群，夜間所放出的異彩，不可錯過。

在遊船下艙隔著玻璃仰望上空，與在上艙敞看上海夜景，更多神祕感。人在船中緩緩航行，尚無大的感覺；但仰觀上空所呈現的幻境，樓臺燈火，物影幢幢，隨船不斷浮現，聚睛看得出神，幾不知自己置身何處？等船快要接近外灘時，聚光地在即，我便開始緊張了，迅即走向上艙，舉目四望，燈火輝煌，通天一片霞光，令人眼花撩亂，目不暇給，大上海真是一個不夜城。

外灘矗立著五十多幢風格各異的建築物，其中以英商滙豐銀行大廈與上海海關大樓，最為特出。而南京路到外灘的十里長街，已炫然入目。——霓虹燈閃爍，過街燈跳躍，各色花樣百出的燈彩爭奪光輝，遠望南京路匯成了一條流光溢彩、火樹銀花的長河，放射出「夜上海」的魅力。

向左看浦東地區，高樓參差林立，爭相散發出耀眼的光輝。塔高四百六十八米的東方明珠電視塔，尖立而高聳，比金茂大廈高出四十七・五米，經營多樣化；尤其在夜間最為炫目耀眼，奪盡他廈的光芒。據說這次為配合世博展覽，特加彩飾；就像取下一具尖塔小模型，用彩筆精描細繪，然後再放大擎天豎立一樣。設計者十分富有想像力，將十一個大小不一、高低錯落的球體，從空中串聯到地面。兩個巨大的中心球體，猶如兩顆紅寶石，與之交相輝映。我連忙對準鏡頭拍照，洗出後色彩尤為豔麗，暗自欣賞。

而通體銀白色，外觀呈塔形，高高聳立於黃浦江畔的金茂大廈，高四百二十・五米，連同地下室共為九十七層。其散光風格獨特，除兩旁大壁白窗綠彩外，中間牆壁的燈飾，散光最為耀眼，此大廈設計具有高超的科技水準，在上海建築物群中，傲視群樓，曾獲得多種獎項，名副其實地成為上海市的地標。

在上艙觀賞良久，看不盡大上海的繁榮風貌，原來下艙所仰視上空的繁星閃爍，玉宇瓊樓，乃是地面上的萬家燈火和各型建築物體。俯視黃浦江接近兩岸水面，一片金黃色霞光，所反映出地面上的樓臺燈火，隨著波濤浮動扭曲，形象自是有異。水中的鏡花水月，也是可望而不可即。

隨船航行一個多小時，快接近下塌的旅社，我已目迷五色，頗有倦意。乃走回下艙，沉思片刻，回想六十多年前，我初到上海時，只是一個二十二歲的慘綠少年；多年來隨著人海浮沉，歲月不饒人，如今已是一個八十四歲的佝僂老人了。「逝者如斯夫，不舍晝夜。」而大上海的繁榮物貌，仍在不斷地進步中。

——原載二〇一一年元月號《文訊雜誌》第三〇三期「銀光副刊」

園前矗立著畫家張擇端的立像。

看清明上河園宋詞的演出

作為六朝古都的河南開封，景物繁華昌盛，名勝古蹟甚多，多年來甚為嚮往。此次有機會隨團作中原古都八日之遊，得以一償宿願，收穫甚多。

我們第一天自洛陽下機後，即驅車先往開封，次日參觀宋都御街和清明上河園。前者所見為千年來留下的古蹟，樓臺河道，舊俗遺風，令人發思古之幽情。後者乃北宋名畫家張擇端所作《清明上河圖》名畫之實景參觀。畫中所反映的，是中國北宋時期作為古都開封的社會生活、市井風情和城建格局。星移物換，舊跡可尋。一千多年前，張擇端把它從現實搬進了畫卷；一千多年後，開封人又把它從畫卷搬進了現實。令人有「一朝步入畫卷，一日夢回千年」的時光倒流之感。

清明上河園，是古都開封的一座大型歷史文化主題公園，占地六百畝，坐落在開封城風光秀麗的龍亭湖西岸。入口處矗立有畫家張擇端的立像，人們對其作畫的精巧細膩，名垂今古，望之肅然起敬。我們由中門進入參觀，主題分為文化、娛樂和遊藝三大部分。探尋汴京郊野的風光，繁忙的汴河碼頭，和熱鬧的市區郊道；各種昔時物貌，仿古文華，不及一一細看。

在此所要報導的是：次晚在皇家園林區的景龍湖上，題為「大宋・東京夢華」的大型水山實景演出。它充分利用了整修的亭臺樓榭，水系橋廊，構成了一個完整的古典實景劇場。運用大量的科技手段、燈光控管，製造出夢幻般的效果，將人們的記憶拉向一千年前那個輝煌的年代。用九闋經典宋詞，和一幅《清明上河圖》串聯的畫面，由七百多名演員參與演出，歷時七十分鐘，場面宏大，氣勢磅礡，令人嘆為觀止。

過去我們所看到的娛樂場景，大都在室內，更難在晚間看到大型水上演出。而劇情不外電影、戲劇、歌舞及話劇、雜技等項目；除鄧麗君曾穿古裝由臺視製作約十首宋詞，在電視上播放外，在現代娛樂場所，從未見有演出古典宋詞，此種甚富文學氣氛的娛樂節目。

「大宋・東京夢華」在水上實景串聯名畫《清明上河圖》，全場用九闋宋詞歌唱演出，可謂開國內外風氣之先，利用燈光明暗及色彩局部或全部控管，使人置身其間有如夢幻般的感覺。閉幕時全場闃然幽暗，燈啟處始見場景劇情。高潮時，一句句歌聲婉轉，滿湖燈火輝煌。一陣陣彩衣仕女翩然起舞，馬嘶雞叫，車走船，烟火樓臺，令人目不暇給。

我買到正面近排門票，看得比較真切；因為時間倉卒，初到時尚不知劇情場景，只是在黑暗中等待演出。

序曲

忽然燈光照射湖上一角，出現一特寫鏡頭，只見一人手持一朵蓮花，放入水中任其隨水飄然離去，不知其用意何在？接著全場燈火大明，右邊水上豎起一幅大型看板，標示：虞美人、李煜。同時用女聲歌唱，配合湖上實景演出。至此我才知道剛纔隨水飄去的那朵蓮花，乃意味著李煜的詞句——「流水落花春去也，天上人間。」

看板上逐句顯示：「春花秋月何時了？往事知多少。小樓昨夜又東風，故國不堪回首月明中。雕欄玉砌應猶在，只是朱顏改，問君能有幾多愁，恰似一江春水向東流。」

李後主，天資敏慧，容貌出眾，會寫會畫，妙解音律；雖具有「詞宗後主」的文采，卻不善當皇帝，卒致國破家亡，連生命也保不住。劇場先用這闋〈虞美人〉作序曲，昭示了南唐的滅亡和大宋王朝的崛起。而後主也因為這闋詞惹禍，招致被賜牽機毒藥而死亡。

第一場：醉東風，用辛棄疾的〈青玉案〉配樂演出

「醉東風」，從北宋名畫《清明上河圖》開始，展開了汴河繁忙的漕運盛況，及東京濃郁的民俗風情。勾欄瓦肆，汴河之畔，夾雜著縴夫號子的繁華市井，成為中國歷史記憶中永恆的天堂印象。有挑擔賣雜貨的，有伍大郎賣炊餅；還有王員外小姐拋繡球招親。滿湖景觀齊出，都是《清明上河圖》畫卷中的圖案。在看臺前面的空地上，竟有踩高蹺戲耍，鬥雞比賽，和青年仕女圍觀嬉遊。

接著，看板上字幕不見打出詞牌和作者。我一看到「東風夜放花千樹，更吹落星如雨。……」就知道那是辛棄疾的〈青玉案〉。

「寶馬雕車香滿路，鳳簫聲動，玉壺流轉，一夜魚龍舞。」女聲隨著字幕歌唱，湖上隱然聽出簫聲，而劇場正面左右交叉移動著魚形和龍形的大型彩飾，與詞意相脗。「東風夜放花千樹」，盛開的是北宋東京燦爛的風情。……辛棄疾的〈青玉案〉表現了東京的百姓上元夜用無邊的燈海，營造出盛世的景象。

第二場：蝶戀花

〈蝶戀花〉　蘇軾

「花褪殘紅青杏小，燕子來時，綠水人家繞。枝上柳綿吹又少，天涯何處無芳草。
墻裡秋千墻外道；墻外行人，墻裡佳人笑。笑漸不聞聲漸悄，多情卻被無情惱。」

蘇軾的〈蝶戀花〉，通過少女們在春天踏青和盪秋千的生動畫面，散發出北宋王朝生機勃發的氣韻。王朝詩意的青春，在秋千上蕩漾，大野芳菲，鋪綠了天際。

燈光照射處，成群結隊的長衫綠衣少女，半掩著紅花洋傘在水上輕柔通過；另處也是一群彩衣仕女在各個水邊持傘揮舞，賣弄風姿，舞出青春的氣息。遠處水上正有一位仕女盪著秋千也在搖蕩自如。一聲聲歌唱，一場場舞蹈，岸邊垂柳，水上樓臺，閣中仕女，依稀可見。而「天涯何處無芳草」，更成為後世名言。

本場還有另一闋詞為柳永的〈雨霖鈴〉。〈雨霖鈴〉，彌漫著的是婉約派詞人柳永和情人難以割捨的離情與愁緒。多情的才子，嫵媚的少女，一曲小令，曉風殘月，勾勒出一個藝術的浪漫情懷。

在北宋時期，有井水處，皆能歌柳詞。詞中「念去去千里烟波，暮靄沉沉楚天闊」和「多情自古傷離別，更那堪冷落清秋節」多麼磅礴豪邁的佳句，足以流傳千古。而燈火起處，正射出湖邊的楊柳垂絲，和湖上鋪著的半邊殘月；恰是詞中「今宵酒醒何處，楊柳岸，曉風殘月」的寫照。

第三場：齊天樂

〈齊天樂〉，展現了鼎盛時期北宋東京曾有過的萬國來朝的空前盛況，繁華帝都呈現出君臨天下的大國風範。用三闋宋詞來表達演出。

一、〈浪淘沙〉，詠汴州　裴湘

「萬國仰神京，禮樂縱橫。葱葱佳氣鎖龍城。日御明堂天子聖，朝會簪纓。

九陌六階平，萬物充盈。青樓弦管酒如澠，別有隋堤烟柳幕，千古含情。」

只見滿湖燈火通明，樓臺亭榭，宮殿別院，一片燦爛輝煌。一排排彩妝歌舞，一車車物品豐盈，呈現出《清明上河圖》的真實畫面。

二、〈少年遊〉 周邦彥

「並刀如水，吳鹽勝雪，纖手破新橙。錦幄初溫，獸香不斷，相對坐調笙。低聲問，向誰行宿，城上已三更。馬滑霜濃，不如休去，直是少人行。」

周邦彥的〈少年遊〉，大膽地描寫了北宋皇帝宋徽宗和京城歌妓李師師纏綿悱惻的戀情，千古傳奇，任後人評說。李師師是宋朝汴京的第一名妓，美得無可比擬；而且才貌雙全。宋徽宗在做端王時，即在她處行走；當上皇帝以後，仍不忘舊情。那天他去尋幸李師師時，恰巧風流才子詞人周邦彥在此；忽聞皇帝駕到，迅即鑽入牀下躲避。他們的一舉一動，周邦彥卻聽得清清楚楚，即此作出了這闋〈少年遊〉，傳遍京師。我想：當年如果有針孔攝影機問世，那畫面當更精彩。當時只見湖面彩船上一幕幕男女調情，先是周李對坐纏綿，後是皇帝駕到，剝橙調笙；好在那晚徽宗走了，否則周邦彥真有得罪受。

三、〈破陣子〉　辛棄疾

燈火照出一角，湖上先插上一個「穆」字，我猜想一定〈穆桂英掛帥〉。穆是一位叱吒風雲、威震天下的巾幗英雄；儘管是楊家的孫媳婦，但她的地位僅次於佘太君。楊家滿門忠烈，一世征戰，巾幗不讓鬚眉。〈破陣子〉抒發了楊門女將渴望與敵人血戰到底的壯志豪情。

只見她騎著一匹駿馬，身背令旗令箭，頭戴鳳冠，一身盔甲，在水上教練場中檢閱將士，威武不可一世。並在看臺前像在劇場中一樣耍弄一番。領著她出征西夏時十二位娘子軍各騎著一匹駿馬、手執紅旗一面，約每隔三十公尺，奔馳通過看臺前，贏得掌聲不息。

看板上先後配合打出辛棄疾的〈破陣子〉：「醉裡挑燈看劍，夢回吹角連營，八百里分麾下炙，五十弦翻塞外聲，沙場秋點兵。……」詞意與劇情甚為配合，而娘子們跨馬奔馳，更掀起水上實景演出的高潮。

第四場：滿江紅・岳飛

〈滿江紅〉：「怒髮衝冠，憑欄處，瀟瀟雨歇。抬望眼，仰天長嘯，壯懷激烈。三十功名塵與土，八千里路雲和月。莫等閒白了少年頭，空悲切。……」金戈鐵馬，幾多風雨，多少征塵。岳飛〈滿江紅〉的忠貞志節，正表現出宋朝軍民為收復大好河山而決戰的壯烈場面。只見湖面上大放光明，假山上、水橋中、樓臺柳岸、戰船駿馬，到處人山人海，旌旗飛揚，戰鼓咚咚，馬聲嘶叫。女聲高唱著「靖康恥，猶未雪，臣子恨何時滅？……」觀眾也跟著熱烈鼓舞，沸騰著誓復國土的決心。

無奈「南渡君臣輕社稷，直把杭州作汴州」，權相秦檜私通敵國，貪戀權位，以「莫須有」的罪名，陷害岳飛，當岳飛在「偃城大捷」後再揮軍北進時，與將士們約定在黃龍痛飲；而秦檜卻在一日之內，連下十二道金牌，命令岳飛撤軍；使精忠報國的岳飛，痛心嘆恨「十年之功，廢於一旦」。風波冤獄，六月飛霜，岳飛之死，為千古遺恨。在問案時岳飛痛書「天日昭昭」、「天日昭昭」。而作為皇帝的宋高宗趙構，亦難辭其咎。

明朝蘇州名士文徵明，曾有詞牌〈滿江紅〉云：「千古休誇南渡錯，當時自怕中原復。設徽、欽南返，此身何屬？……笑區區秦檜亦何能，逞其慾。」寓意深刻，一針見血地指出宋高宗趙構才是殺害岳飛的真正元凶。

尾聲：水調歌頭・蘇軾

〈水調歌頭〉：「明月幾時有？把酒問青天。不知天下宮闕，今夕是何年？……人有悲歡離合，月有陰晴圓缺，此事古難全。但願人長久，千里共嬋娟。」

一湖烟雲散去，一個輝煌的王朝從歷史深處走入一幅偉大的畫卷之中。遠處傳來的淺吟低唱，給人以歷史輪迴的無限感嘆，曾經照過北宋的月亮又照亮了今日的開封。溫暖的歌聲，回憶著昨天，祝福著明天。

〈水調歌頭〉，為尾聲壓軸之作。只見湖上燈光四射，高探天空。天上現出一彎下弦之月，而湖上卻鋪上一輪團圞的玉兔。遠處傳來「人有悲歡離合，月有陰晴圓缺，此事古難全」，以相與對照。此時樓臺燈火通明，湖上群英畢聚。男女演員各戴著金黃色的高簷大帽，彩衣長服，一群群、一陣陣，手提著花式彩燈，沿著水橋漫步。有張手高歌，有抬頭望月，各種表情動態，恰如其分，掀起了本劇尾聲的高潮。

雖然輝煌已逝，但往事並不如煙。在古城厚重的歷史之上，開封的今天，正在書寫一幅《清明上河圖》更加壯麗的畫卷。

謝幕時，觀眾臺似有騷動，部分來賓擬趁早出場；但好戲還在後頭，他們又各歸原位。此時全部演員各打著原來裝扮，都出現在湖邊湖面，樓臺橋畔，彩船橋帶，假山之巔，處處都擠滿了原班人馬，向大家招手再見。各主場「花旦」，都打扮得像仙女下凡似的，一個個飄然揮手離去，令人有所不捨。而楊家女將，更加添人馬，共二十匹駿馬全副武裝，由「穆桂英」率領，手執紅旗，每隔數十公尺，在看臺前奔馳離去，贏得全場如雷般的掌聲。

——原載二〇一二年六月號《文訊雜誌》第三二〇期「銀光副刊」

少林寺山門。

亦禪亦武少林寺

少林寺，在河南省嵩山少室山北麓、五乳峰下，建於北魏孝文帝太和十九年（四九五）。其山門最前面牌坊上有副對聯，文曰：

「一葦渡長江，面壁九載；
兩山藏古寺，參拜十方。」

上聯說明：達摩祖師來華，由南而北，渡江來到少林寺，九年面壁參禪，成為中土的禪宗初祖。下聯說明少林寺在嵩山太室、少室兩大主峰之間的窪地，來寺參拜的信眾極多，據說每天在十萬人以上。

自從印度佛祖在靈山會上，拈花示眾，傳授「以心傳心的心印法門」，首傳給初祖釋迦文，再傳給二祖摩訶迦葉以來，代代相傳，傳至達摩，已歷二十八世。達摩祖師奉其師般若多羅的指示，來華傳授禪教，用偈語暗示他前來少林寺。他自印度首途，歷經三載，於梁武帝大通元年（五二七）來到廣州，掛單於廣州光孝寺。不久，應梁武帝之邀，前往南京會晤。梁武帝雖篤信佛教，乃是以帝王之尊與達摩問話，而達摩只以禪語回應，武帝不能領悟。達摩知禪機不契，兩人話不投機，遂去梁渡江而北，寓止於嵩山少林寺。九年面壁而坐，終日默然，人莫之測，謂之壁觀。

時有少林寺年輕僧徒，俗名姬神光，自幼博涉群書，兼通玄理。後覽佛典，超然自得。遂到少林寺出家，師事達摩，晨夕參乘，信仰誠篤。時值嚴冬，天寒地凍，達摩在室端坐；會天大雨雪，神光在室外久立不動，將天明，積雪過膝；仍忍凍受寒，意志堅定。師憫而問曰：「汝久立雪中，當求何事？」神光悲泣而告曰：「惟願吾師慈悲，傳授禪道！」師曰：「諸佛無上妙道，曠劫精勤；豈以小德小智，欲覬真乘，徒勞勤苦？」

神光得到老師的誨勵，乃潛取利刃，自斷左臂，置於師前。師知法器，乃曰：「諸佛最初求道，都為法忘形，汝今斷臂吾前，求亦可矣。」遂與其易法名為「慧可」。

達摩祖師。

可並懇求師父傳授「心印法門」之道。因為禪宗傳道，不立文字，講求「明心見性」、「直指人心」與「當下成佛」，師乃「以心傳心」，將其心安靜，並授以袈裟，以為法信。久之，盡得達摩真傳。史稱達摩為禪宗初祖，慧可為禪宗二祖，此後各祖均慎選傳人，薪火相傳不斷。

達摩面壁洞，在五乳峰上，去絕頂不遠。石洞幽邃，內極寒冷，洞前有一石坊，額上南面刻「默玄處」，下有「達摩洞」三字；北面刻「東來肇迹」四字，現為古蹟，不作景點參觀。

在少林寺西北三里許，面壁洞之前，建有初祖庵，西有一小亭，移達摩當年面壁石其內。相傳達摩面壁九年，影透石內。今觀其石，圍長三尺許，光滑如卵，白質黑文，隱隱一僧者背坐石上，露其側頷，紋如淡墨畫，衣褶彷彿畢具，誠屬奇異。

在寺內「方丈」後，建有立雪亭，即二祖慧可當年立雪斷臂求道之處。觀其亭，思其事，令人肅然起敬。

自此禪宗各祖，所覓傳人，條件均甚為嚴謹。由二祖慧可，傳三祖僧燦、四祖道信、以迄五祖弘忍，……少林寺已成為禪宗祖庭，中土禪宗發源之地。

有人在網頁搜尋，問：「少林寺和尚為何習武？其武術又何以高超出眾？」網頁解答：「其實，中國並不是只有少林寺的僧人習武，而是因為少林寺的名氣太響亮了，所以一般人聽到武術，就直接想到少林寺。又因為少林寺的和尚，曾救助過秦王李世民，輔佐唐太宗開國有功，所以僧徒常習武術，以少林功夫聞名於世。」以上的答覆，都沒有談到問題的重心。

實際上，少林武功有着不同於其他拳種門派的特點，這個特點就是禪與武的結合。以參禪之心習武，以習武作參禪手段之一。「禪武結合」，是為少林寺武學之精華所在。

達摩祖師曾告示徒眾：「欲見性，必先強身。」指明了「禪拳合一」是少林武功與其他武功區別之處。

那麼，什麼叫做「禪」？禪，簡單地說：就是「別胡思亂想」。稍加解釋：禪，即寧神守志，靜心思慮，讓自己身心完全放鬆，忘卻塵世的一切騷擾和不安，清心寡欲，毫無牽掛；這樣做到不胡思亂想，他的內心就會變得「清明安詳」，煩惱痛苦也隨之而去，這就是做人的真理。

禪宗講究在現實的日常生活中修身，來實現學佛的目標。修習少林功夫的主體是禪者，禪心運武，透徹人生，內心無礙無畏，表現出大智大勇的氣概。換言之：他們由武入禪，由定生慧，心與法和，這便是少林和尚習武的真實意義。

——原載二０一三年元月號《新文壇季刊》第三０期

「白帝託孤」孔明手上也離不開一把扇子。

孔明手上的一把扇子

小時候在家鄉，每到夏天，其熱難耐，人人手上離不開一把扇子；就像冬天身旁離不開「烘籠」一樣。記得家鄉人曾有一則口頭禪，近似打油詩：「六月炎天熱，扇子借不得；不是我不肯，你熱我也熱。」這短短二十個字，有一半是家鄉的土語，和國語讀音不同。例如我們把「熱、越、月」三字讀成一個音，其餘「六、得、我」讀音和國語也不一樣。這首詩只有我們湖北人，用湖北的土話讀出，才夠傳神；再給湖北同鄉聽來，才有韻味而會心一笑。

扇子的種類繁多，價格也高低不一。凡是

可以用來招風納涼的，都可稱為扇子。大抵有團扇、摺扇和藤草扇多種。讀書人大都用摺扇，不過質料較佳，而且扇面有題詞，以示文雅。

有一次，我在一位鄉前輩手上，看到一把鵝毛扇。提起鵝毛扇大都為高雅仕女所持用，平常不多見，而這位前輩卻擁有一把，並在扇面寫上一首詩：「大夢誰先覺？平生我自知。草堂春睡足，窗外日遲遲。」他說：這把鵝毛扇，叫做「孔明扇」。孔明是誰？當時我尚不知道；至於扇中的題詩，更是懵然不知，只是有個印象而已。而這把「孔明扇」，是我所看到最高雅的一把扇子。

來臺後，數十年來，除床頭備有一把扇子，作為特殊用途外，平時很少用扇子。上次去臺北，友人帶我去拜訪一位朋友，在招待茶飯之餘，臨走時送我一把精緻的鵝毛扇，說是從大陸買來的。回家細看，先看扇面，題為「孔明扇」，上面還寫了許多文字，勾起了我對往事的回憶。很巧，真有「孔明扇」。這把鵝毛扇竟和我當年在家鄉所看到的相同；只是那位長輩的鵝毛扇，沒有這把精緻而已。

這把鵝毛扇的正面，右上角題有「孔明扇」三個大字，左上角印有孔明半身像，旁題「孔明」二字，羽扇綸巾，面容肅穆，一副道貌岸然的形象。中書四行大字：「飛禽靈氣，徐送清風，手握乾坤，謀籌千里。」說明諸葛亮手持此把鵝毛扇作用與眾不同，不只是招風納涼而已。杜甫在〈詠懷古跡〉詩中說他：「……三分割據紆籌策，萬古雲宵一羽毛。伯仲之間見伊呂，指揮若定失蕭曹。……」意思是說：「他為鼎足三分的局面，費心籌謀計畫，他高尚的人格，千萬年來，就像雲霄中的一隻鸞鳳舉翼高翔。他在功業上的成就，幾乎和伊尹、呂尚不相上下，而他沉著的指揮，卻使蕭何、曹參也為之遜色。」

上面的一首譯詩，可作為扇面十六個大字的注解。在諸葛亮戎馬一生中鵝毛扇時刻不離左右，這更增加鵝毛扇的神祕，也從中突顯出諸葛亮與眾不同的才智。扇裡乾坤，謀深千里，穩定了當時天下三分的局面。

羽扇綸巾，可作為諸葛孔明形象的代表，從這四個字可形容他臨陣從容，指揮若定，有儒將獨特的風範。不但是先主劉備敬重他，而關羽、張飛莫不為之拜服。所謂綸巾，為一帽子的名稱，一名諸葛巾，用青絲紅綬所製成。在從前中華書局出版的《辭海》中，曾印出此種綸巾帽子的圖樣，好像周瑜也戴過這樣的帽子。

正面的下方，有諸葛亮生平簡介：「諸葛亮（一八一—二三四），字孔明，山東瑯琊陽都人。早年喪父，跟隨叔父諸葛玄，玄亡後，隱逸南陽，躬耕隴畝。後劉備三顧茅廬，請得亮，而使天下定三分。備封亮為丞相，逝後封為武鄉侯，謚忠武侯，更被後人譽為智慧的化身。」

當年曹操號稱八十三萬兵馬下江南，就是要給周瑜臉色看，想一舉吞下東吳，再來收拾蜀漢；所幸老天有眼，赤壁之戰，火燒戰船，弄得片甲不留，狼狽北返；但大家都把功勞全記在周瑜名下。

蘇軾的〈念奴嬌〉稱頌周瑜：「……遙想公瑾當年，小喬初嫁了，雄姿英發，羽扇綸巾，談笑間，檣櫓灰飛煙滅。……」但是，周瑜不可得意太早。當年曹操尚未舉兵南下時，曾在許昌建一銅雀臺，其賦文有謂：「攬二喬於銅雀兮，吾將納為嬪室。」如果「東風不與周郎便，銅雀春深鎖二喬」，那麼，東吳的大喬與小喬，勢將被曹操「銅雀藏嬌」了。

再談赤壁之戰，前有龐士元獻用連環計，後有「周瑜打黃蓋」，使得黃蓋詐降，取信於曹操；加之魯子敬從旁出力，使得曹操躊躇滿志，將所有大小戰船一起鎖住。以為用此龐大的連環巨艦，天塹即可飛渡，江南唾手可得，如意算盤，打得十足有把握。

孔明實現他聯吳拒魏之宿志，與周瑜共商破曹之計，各人將自己的謀略寫在手心；但英雄所見略同，兩手對舉，同是一個「火」字。所謂：「欲破曹公，須用火攻，萬事俱備，只欠東風。」當時秋風颯颯，曹操只須一聲令下，滿江的戰船，便可趁著西北風，鋪天蓋海，火速撲向南岸，看你周都督逃往何方？

但是，哪來的東風呢？於是孔明鵝毛扇一揮，扇柄的八卦太極圖出現，謀略盡在此矣。他登上七星壇，穿上八卦衣，羽扇綸巾，虔誠祝禱上蒼；果然借得東風，助長火勢。當曹操的巨艦順風南下，南岸的千萬枝火把，順著東風一枝枝飛上曹船，照得滿江通紅，東吳大軍趁勢迎擊；而曹營的巨艦無法分散攻擊，不數小時，燒得曹營落花流水，檣櫓灰飛煙滅。曹操只好泅水北遁，赤壁一戰，天下三分定矣。

我有幸曾親自參觀過諸葛亮羽扇綸巾的全身蠟像，塑造得栩栩如生，並曾拍影留念。現在白帝城已淹入長江大壩上游水域之中，再無緣得見。緣我於一九九二年返鄉探親，先有長江三峽之旅，當時大壩尚未興建，三峽各段古蹟景點均未遭破壞。我由家鄉親友陪同經三峽抵四川奉節，然後折返白帝城，在白帝廟內有「劉備託孤堂」蠟像館，供人參觀憑弔。

原來劉備因忿恨東吳之偷襲荊州與謀害關羽，執意興兵伐吳，誓為關羽報仇；雖連營七百里，聲勢浩大，但因被吳將陸遜施用火攻之計，大敗於猇亭。乃燒鎧斷道，退歸白帝城，將館驛改為永安宮。此處之館驛，乃為我當時探訪之永安宮遺址，在當時奉節師範學校內、操場之後緣。當年劉備因後悔征吳失利，無顏返成都，終致一病不起；乃有召請諸葛亮「白帝託孤」之憾事。

在「劉備託孤堂」內，只見劉備臥床斜躺，頭綁布巾；孔明羽扇綸巾侍立於病榻前，兩個皇兒跪拜在地，一人仰首面向孔明。趙雲侍立於右側，副相李嚴與另一武將均侍立在旁，中後為夫人料理湯藥，大家均恭聽劉備託孤交代後事。

惟孔明面容嚴肅，自感責任重大，乃有「鞠躬盡瘁，死而後已」之承諾。奈時移勢轉，關羽、張飛均不在世，偏遇個幼主——「扶不起的阿斗」，一木難支大廈，孔明也只活到五十四歲。讀諸葛亮〈前、後出師表〉，及杜甫詩句：「運移漢祚終難復，志決身殲軍務勞。」使人不勝感慨系之。

——原載二〇一三年四月號《新文壇季刊》第三十一期

茱萸峰頂似釜，所以又稱覆釜峰。

茱萸峰下話王維

一、多才多藝　少年得志

這次大陸中原之旅，我嚮往了很久；看到旅行社的行程表，不但可參訪幾個文化古都，還可遊覽被稱為世界地質公園——「雲臺山風景區」。此區面積一百九十平方公里，包括紅石峽、茱萸峰及疊彩洞等十大景點。雲臺山滿山覆蓋著原始森林，落差三百一十四公尺的全國最大瀑布——「雲臺瀑布」，猶如擎天玉柱，蔚為奇觀。

茱萸峰是雲臺山的最高峰，海拔一三〇八公尺，因古時遍生茱萸而得名，是雲臺山國家森林公園的主要組成部分。

唐玄宗開元六年（七一八），當時年僅十七歲的青年才子王維，曾慕名而至，踏千階雲梯棧道，登上了頂似覆釜的茱萸峰。其時恰逢農曆九月九日，為古人重陽登高之節，因思念在家鄉太原的三個弟弟，寫下了題為〈九月九日憶山東兄弟〉的詩句：「獨在異鄉為異客，每逢佳節倍思親。遙知兄弟登高處，徧插茱萸少一人。」的千古名句。

據《續齊諧記》云：「汝南桓景隨費長房學，長房謂曰：『九月九日汝家有災厄，急宜去，令家人各作綵囊盛茱萸以繫臂，登高，飲菊花酒，此禍可消。』景如言，夕還，見雞犬牛羊一時暴斃。」此後，重九登高插茱萸，成為民間的習俗。茱萸是一種落葉小喬木，花黃色，果實紅色，可入藥，現在茱萸峰仍有生長。當日，我曾在此買過「茱萸糕」，帶回以饗親友。

在茱萸峰頂下南側，建有一座王維年輕時的塑像，像身和人等高，一身白色儒服，頭髮後梳，雙目炯炯有神，手執書卷，一副少年英俊模樣。遊人至此，大都先參拜天才詩人王維像，然後遊山。

王維，字摩詰（七〇一—七六一），山西太原祈縣人。他同王勃一樣是一位早熟的作家。史家稱他九歲就會寫文章，擅長草書和隸書，精通音樂，並擅長山水畫。他的詩可以列為妙品中的上上等，繪畫的意境也是如此。蘇軾說他「詩中有畫，畫中有詩」。在盛唐四大派詩人中，他屬於田園派。唐才子傳稱他為才子中的才子，晚年信佛，後世稱他為詩佛。他多才多藝，為當時一般名詩人所不及。

他十五歲作〈過秦王墓〉及〈題友人雲母障子〉等名篇；十六歲作〈洛陽女兒行〉；十七歲作〈九月九日憶山東兄弟〉；十九歲作〈桃源行〉、〈李陵詠〉諸篇，人雖年輕，看來全是藝術完全成熟的作品。他十五歲初遊長安，十九歲赴京兆府試，中舉人第一名。二十一歲舉進士復為首名得中狀元，被任命為右拾遺，年紀輕輕地便開始為官，正是少年得志，名不虛傳。天寶十一年，他拜文部侍郎，遷給事中；時弟王縉為侍御史，

茱萸峰頂似釜，所以又稱覆釜峰。

同為時人所景仰。《舊唐書・本傳》說：「維以詩名盛於開元、天寶間，昆仲宦遊二都，凡諸王駙馬豪右貴勢之門，無不拂席迎之。」後來他官至「尚書右丞」，是他宦途中最得意的時代。

二、安史亂後　思想轉變

可是，好景不常，玄宗天寶十四年節度使安祿山反，聯絡史思明攻陷洛陽。次年，天寶十五年（七五六），安祿山攻入長安，僭稱大燕皇帝。玄宗倉皇奔蜀，祿山迫舊臣續供偽職。王維未及跟隨逃出，為賊所獲，服藥下痢，偽稱瘖疾，被拘禁於普施寺。曾有〈凝碧詩〉一章，寄其感慨。詩云：「萬戶傷心生野煙，百官何日再朝天。秋槐花落空宮裡，凝碧池頭奏管絃。」據說這首詩曾流傳到了皇帝避難在外的住所。後來亂平，曾經接受過偽職的人都被定罪，王維因此詩減罪，其弟王縉更以捐棄現任官職為兄贖罪，始得免除。

安史之亂，使他遭受極大的挫折與屈辱，在他短暫人生中的最後五年，生活和思想上發生了很大的轉變。他領悟到富貴功名的虛幻，現實社會的動亂，玄宗皇帝之過寵楊貴妃，和信任無能的宰相楊國忠；以致國家遭受空前的災難，朝廷也由盛轉衰。

他漸漸地趨於道家的養性全真的人生哲學，和佛家的出世思想，而皈依於大自然與佛家的懷抱；造成他晚年的閒適生活，和許多有名的歌詠自然的詩篇。

他三十歲時喪妻，終其身未再娶。他的官職，雖由給事中升到尚書右丞，但奉佛之餘，居常蔬食，不衣文綵，在京師日飯十數名僧，以玄談為樂。退朝之後，焚香獨坐，以禪誦為事，這正是他晚年生活的寫照。

在詩中他曾謂：「晚年惟好靜，萬事不關心。」安史之亂的社會影子，從未在他的筆下流露出來。又謂：「中歲頗好道，晚家南山陲。」和「行到水窮處，坐看雲起時。」生活閒適自在。

三、詩中有畫　畫中有詩

他用畫筆、禪理與詩情三者的組合，成就了許多美好的詩篇；而五言絕句，信筆寫來，皆成佳構。

王維，是一位多能才子，詩書畫樂，樣樣精通。他的山水畫，我們無由欣賞；他的草隸書法與樂藝，我們更無法臨摹與聆聽。所幸他的詩篇，我們可以得讀，很多佳篇美句，在社會上口耳流傳，千古不絕。

讀他的〈山中與裴秀才迪書〉：「……當待春中，草木蔓發，春山可望，輕鰷出水，白鷗矯翼，露濕青皐，麥隴朝雊，斯之不遠，儻能從我遊乎？……」全文不到兩百字，像是一幅活生生的山水畫，也像一首散文詩，文字的簡潔，意境之高遠，是山水小品中的傑作。此文曾收錄為國中國文教材，我曾教過數次，每與學生共讀欣賞，師生相悅以解。

王維的七言樂府〈渭城曲〉，是唐人送別中最具深情厚意的一首，後來便成為朋友送別時所唱的驪歌。

「渭城朝雨浥輕塵，客舍青青柳色新。
勸君更盡一杯酒，西出陽關無故人。」

這首詩在唐人送別時，即有「陽關三疊」的唱法；惟唱譜有多種，看當時送別朋友的喜愛。歷代傳唱不絕，成為千古名曲。

王維的送別詩，大都感情真摯，用詞純厚。尚有「下馬飲君酒，問君何所之？」、「送君南浦淚如絲，君向東州使我悲。」及「春草明年綠，王孫歸不歸？」諸篇，因篇幅所限，茲不錄全詩。

他的五言絕句中，〈鹿柴〉及〈鳥鳴磵〉，均曾收入國中國文課本，作為詩詞教材。其他像〈辛夷塢〉、〈木蘭柴〉及〈山中〉諸篇，看起來每首只有二十個字，但從整體上觀之，活像一幅幅山水田園畫，令人感覺到一種悠然神往的情趣。

「紅豆生南國，春來發幾枝；願君多採擷，此物最相思。」（相思）

「君自故鄉來，應知故鄉事；來日綺窗前，寒梅著花未？」（雜詩）

上面這兩首五言絕句：前者精緻可愛，情意綿綿；後者抒情恬淡，超然雋永，很得一般人喜愛，兒童一教便會。

春秋時代，楚文王滅息，擄息夫人以歸為后，生堵敖及成王二子。息夫人生得花容玉貌，甚得文王寵愛；然她自入宮以來，終身不言不笑，王問之。對曰：「吾一婦人，而事二夫，縱弗能死，其又奚言？」文王只得到她的身，而得不到她的心，頗為自悶。作為後人的王維，卻為詩為息夫人抱不平。詩曰：

「莫以今時寵，能忘舊日恩。看花滿眼淚，不共楚王言。」（息夫人）

清初鄧漢儀，有〈息夫人桃花廟詩〉，也曾為息夫人辯解，並給予同情，且為千古傷心人嘆息。詩曰：「……千古艱難唯一死，傷心豈獨息夫人。」教人去死，本屬不易，只有唐代杜牧，頗有微詞，近似譏諷。其詩云：「……至竟息亡緣底事，可憐金谷墜樓人。」拿出綠珠和她相比。

四、天才詩人　多不長壽

盛唐名詩人，大都不長壽。詩仙李白，只活到六十二歲；詩聖杜甫，活到五十九歲。他們大都鬧窮，缺錢買酒。杜甫不但「酒債尋常行處有」，更為家室所累。只有詩佛王維，少年得志，平步青雲，生活無所顧慮。惟王維晚歲常年茹素，衣著儉樸，更不飲酒；在自奉之餘，尚有餘力齋僧，但也只活到六十一歲。我想：要是他們都能多活些年歲，至少活到八十歲；那麼，我們後人更可多讀到他們一些好詩了。

——原載二〇一三年六月號《中國語文》第六七二期

海外遊蹤

首爾景福宮勤政殿。

韓國旅遊見聞

前不久，筆者隨南投縣公教退休團體，前往南韓旅遊五天，時間雖不長；但所見所聞，頗有一些感想。

正當國內飆車少年，動輒聚眾百餘人，橫行市區飆車，使治安機關窮於應付之際；我想看看國外有否類似情形，以探求其究竟。

在電視畫面上，往往看到一些大陸都市，除街道中間有大型車輛通行外，其餘只看到一片腳踏車車陣，偶爾也看到少數計程車或小汽車經過。我常以臺灣社會繁榮富裕自豪，你看大街小巷、馬路兩旁到處都是摩托車穿梭不息，至於小汽車同樣非常普通，腳踏車只是小學生騎乘的了。

反觀韓國小汽車和臺灣一樣多，卻很少看到摩托車。筆者在韓國濟州島住宿兩晚，白天隨車遊覽，晚間溜達市區，竟然未見一部摩托車，使我頗為納悶。直到第三天離開濟州時，在車上看到有人在田邊擱置一部，公路上也未見有擁擠車陣，我不知道他們在近處是如何通行的。

從濟州飛釜山，再經釜山北上沿高速公路往慶州、大田；再由大田通往首爾，沿途未見有車陣塞車，摩托車偶爾看到一部停在田畔，另有十餘部停放在岔路口旁。此外，在首爾早上正在上班之際，街道中間只見一片車海，大家依序前進，未見有人不耐按喇叭和搶道轟隆的嘈雜聲。兩旁偶爾也點綴有幾部摩托車經過，巷口、商店門口，未見有機車成排擁擠停放，也未見有小吃店或攤販占據轉彎角落。他們淘汰了摩托車，自然沒有飆車事件。

我想：國內青少年，為何膽敢在街道上集體飆車，使交通受阻，行人生命受到威脅，公權力對他們亦莫可奈何？是過去「愛的教育」不夠寬容嗎？愛之適足以害之，更使人憂心不已。

在韓國旅遊五天，每頓所吃所喝，飲食簡單。韓國米飯可口，而以泡菜聞名。每頓所吃的，一桌只是幾碟泡菜，再用瓦斯爐蒸烤包心菜和少許瘦肉了事。有時也配以幾條煎魚和一盤炒肉片而已。湯麵也只是以能吃得飽即可；倒是吃了一頓全雞麵食，喝了一杯人參酒，齒頰雖未留香，倒也印象頗深。因為行程緊湊，每處停留時間很短，到處少見飲食攤，也少掏一些腰包。

正當國內垃圾為患，廢棄物難覓地方堆放，到處抗議興建焚化爐之際；而各風景地區沿途只見垃圾，垃圾桶滿溢鋁箔包、塑膠袋；一般青少年無論在車站等車，或途中行走，常見口中卻在吃東西，手上也離不開一罐飲料。各風景區或參觀景點，到處都是飲食店，塑膠袋、易開罐隨手丟，好像大家經常都是既饑又渴，然而胖哥胖姊卻到處可見。

我在韓國參觀慶州佛國寺和古墓天馬塚，因為他們學校是冬季班招生，此時正在作畢業旅行，其中有日本的，也有其本國的。前往參觀的自中小學至專科生不等，還有一群小可愛，應該是幼稚園大班的學生。他們的專科生全部服裝整齊，打領帶穿著制服，魚貫入場，井然有序。中小學生也沒有隨意穿著便服的；尤其是穿著黃色制服的娃娃生，天真活潑，非常可愛；可是他們從專科到幼稚園的學生，竟然沒有一個拿著東西邊走邊吃的，也未見有拿著飲料罐隨口吸飲的，頗使我奇怪，難道他們不渴不

在首爾六十三樓眺望漢江情景。

餓嗎？

猜想韓國是寒帶地區，氣候寒冷，他們不必急著買飲料解渴；所以各風景區未見有飲食店，有錢也無處買。倒是賣紀念品的攤販和臺灣相似，每處都有擺設。可是他們年輕的學生能忍饑耐渴，竟未見有一個提著塑膠袋裝東西吃的。

在臺北，我曾上過「新光」的四十八樓，鳥瞰臺北夜景，燈光閃爍燦爛，頗有孔子登東山而小魯的感覺。這次在首爾曾登上六十三層大樓，鳥瞰首爾全景，卻有孔子登泰山而小天下的聯想。

首爾為韓國首都，居漢江北岸，江南只有小部分。漢江為韓國第一大河，全長五百一十四公里，源出五臺山，蜿蜒西北流，為首爾增添不少景色，光是大橋便有十七座。首爾市區遼闊，據說為臺北之六倍，只見房屋鱗次櫛比，彼此活動空間很小；但大街小巷未見滿是停車。據說一般人買不起房子，大都買得起汽車；所以上班時滿街都是車陣，噪音卻很小。市區少見有摩托車，據說摩托車是送貨人或有錢的人騎的；因為有的摩托車比小汽車還貴。

首爾市區店面，前面未見有騎樓，倒是行道樹林立，可為行人遮陰。公車交通便利，未見有候車排隊人潮。據說一般商店晚上八時半即打烊，白天、晚上未見有逛街人陣，而首爾人口，據說將近一千萬，不知他們都待在什麼地方。

景福宮為朝鮮時代的王宮，內有當時文武百官朝政之勤政殿，擺設國宴之慶會樓。據說韓國文字就是某位國王，在這裡看到窗戶的格子，所得到的靈感而創造了韓國的拼音文字。此處保有一些古蹟，有的正修繕中，供遊客憑弔。

號稱韓國室內迪斯奈樂園的「樂天世界」，也頗值得參觀。內部設有海盜船、雲霄飛車、冒險世界等多種遊樂設施，刺激無比，新奇繽紛，其中水舞表演，水中噴火，變化多端，頗使人驚異。

華克山莊，以賭場及豪華夜總會聞名。前者場面偉大，有各種賭博設施，不善賭博的我，憑門票隨導遊指示下注，第一回合即出師不利，只好馬上洗手。同遊者有人憑門票卻贏得一些韓幣，帶著笑臉出場。後者節目水準頗高，內容精彩。首為傳統韓國歌舞及演奏，次為西洋舞蹈及歌唱、雜技等表演。其中男女演員之提燈水舞，及女演員之頂上疊碗功夫，絕妙驚險，使觀眾也不免為之捏一把冷汗。舞場市景奇妙，襯托表演節目，迭見高潮，除數位洋妞兒自然露胸外，並無所謂神祕色情表演，頗能值回美金六十五元的票價。

最後一天上午，遊覽首爾南山公園，該園為紀念韓國愛國志士安重根所興建。安氏激於日本統治朝鮮之兇暴壓迫，趁當時韓國總監伊藤博文赴中國訪問時，刺殺伊氏於哈爾濱成功。後被關於旅順獄中，受盡折磨殉難。其愛國報國之熱忱，見於文字筆墨。獄中手書遺墨，現刻於園內巨石上。文曰：「國家安危，勞心焦慮。大韓國人安重根庚戌三月於旅順獄中。」另有「見利思義，見危授命」及其他名句，均刻立於巨石中，未及全錄。

安重根中文造詣頗深，紀念館內陳列有其遺文遺墨全集。其中書有我國唐代詩人劉希夷名句：「年年歲歲花相似，歲歲年年人不同。」及其他詩詞、聯語、格言等，筆跡蒼勁有力，令人崇拜追念。

遊園後，使我想到：我國汪精衛當年謀刺滿清攝政王不成，被執後，曾高歌：「慷慨歌燕市，從容作楚囚；引刀成一快，不負少年頭。」何其豪雄悲壯。慈禧以愛才釋放，可惜汪氏晚節不保，竟做了頭號大漢奸，落得千古罵名；此與安重根一直受韓國人敬仰，當不可同日而語也。

再想到：臺灣在日據期間，不斷有抗暴義舉，其中羅福星烈士的壯烈犧牲，及其一生的偉大革命事績，更可媲美於安重根志士也。

——原載一九九五年十二月號《南投青年》第二五〇期

美國主力艦突克拉哈馬號被日機炸沉處。

憑弔珍珠港沉艦殘骸

珍珠港，緊接在檀香山之南，為美國重要軍用港灣，過去以生產黑珍珠得名，近則以「珍珠港事變」聞名於世。

一九四一年，我國正在單獨堅苦抗戰，日人挾其強大軍事武力，致重要都市據點均被淪陷。國人在蔣委員長領導之下，堅持「抗戰到底」、「犧牲未到最後關頭，決不輕言犧牲」，全國同胞大家有錢出錢，有力出力，與日軍作殊死戰。

日本軍閥，為實現其征服世界之迷夢，一面與美國作外交談判，一面以迅雷不及掩耳之行動，於一九四一年十二月八日凌晨，以海空軍突襲美國太平洋海軍根據地珍珠港；同時並轟炸威克島、關島、馬尼拉、新加坡、香港，及襲擊北平、天津、上海之美英軍，致使美國遭受慘重之損失，美國主力艦突克拉哈馬號，在珍珠港被炸沉，而引起太平洋大戰。

此次夏威夷之旅，行程中安排有憑弔珍珠港在二次世界大戰中，被日軍偷襲而炸沉的軍艦殘骸。出檀香山機場後，由當地導遊為我們獻上花環，隨即引導參觀「大風口」景點，此處因地裡因素，隘口強風不止，遊客如不小心，帽子每被吹落。俯視下方遠處為夏威夷之第二、第三大城市，具見繁華綺麗。

在此須特別提及者：大風口兩旁有兩座尖山聳峙，目標顯著。日機偷襲珍珠港時，即以此兩尖山為導向，在其間俯衝前往轟炸。當天正值星期日收假後，艦上官兵均在熟睡中，日本海空軍在八日凌晨二時許，即在歐湖島北方二百四十浬處艦上暗自集結。六時四十分，第一波一百八十架軍機自艦上起飛，七時四十分向珍珠港投下第一顆炸彈；美軍措手不及，到八時十分完成第一波轟炸任務返航。當時港內共停有美國軍艦一百二十艘，主力艦突克拉哈馬號即被炸沉，艦上官兵一千一百七十七人隨艦全部沉沒殉難。接著第二波於八時四十分，日機一百七十架輪番前來轟炸，驚惶中美軍招架不及；除主力艦及其他亞歷山那號等二艦被炸沉外，另炸傷軍艦九十艘，餘皆狼藉不全，美軍損失傷亡甚重。

我們進入港灣管制區後，先看三十分鐘電影說明，再參觀被炸沉之主力艦突克拉哈馬號大型壁畫全貌，由導遊解說主力艦模型及武器裝備，隨即在岸邊遠眺珍珠港海面，憑弔戰時遺跡。被炸沉之三艘軍艦尚未被打撈，各在原被炸沉海面建有紀念碑。遠眺中間白色大型像船形碑狀者，即為主力艦突克拉哈馬號炸沉處，左為已除役停泊此處著名之密蘇里艦。當時海面雖風平浪靜，未見戰爭情景；但從進場時所看到的電影畫面，回想當時遭日機瘋狂轟炸之慘狀，可見戰爭之殘酷。

稍後，我們乘船親登突克拉哈馬號紀念碑，見碑旁被炸沉之艦艇油槽，尚浮存水面，槽邊鐵板鐵釘清晰可見。據說該油槽可漏油一百年，須再過三十八年方可漏盡。突克拉哈馬號全長六百零八呎，沉沒處前有浮球及仍存艦杆處為其船頭，後亦有浮球，接近米蘇里艦處乃其船尾。紀念碑中間，留有四方形大缺口，供遊客從缺口下憑弔沉艦殘骸及殉難官兵。遊客們各以頸上所佩鮮花花瓣，紛紛投入海面，以示哀悼——「安息吧！殉難的官兵們，你們犧牲的代價，已被討回了！」

由於日本在轟炸珍珠港的同時，也轟炸文前所述關島、馬尼拉、香港等地；於是美、英及加拿大、澳大利亞、荷蘭、自由法國、海地、薩爾瓦多、瓜地馬拉……等國，於八日同時對日宣戰，因之對日戰爭情勢大變。

我國自一九三七年七月七日蘆溝橋事變後，抗戰軍興，以迄一九四一年十二月八日珍珠港事變時為止，在此四年多的長期奮鬥中，完全係單獨對日作戰；珍珠港事變後，則改為國際間聯合對日作戰。我國於同月九日國民政府發布文告，正式對日本及德、義宣戰。尚有中南美洲及紐西蘭、南非、比利時等八國，亦於九日對日本作同樣宣布。我國正所謂得道多助，戰爭迭次奏捷，抗戰必勝的信心大增。

在世界各國交相夾擊中，日軍已陷入泥淖，成為強弩之末，掙扎不到多時。由於一九四五年八月六日美國第一枚原子彈，在日本廣島市上空爆炸，接著八月九日第二枚原子彈也投擲在長崎上空，兩地加在一起蒙受犧牲的非戰鬥員約達三十萬人。美國人以牙還牙，血債血還，終於討回了公道。

由於美國兩枚原子彈之恫嚇，及我國抗戰之艱苦不拔，日本實無力再續作侵略戰爭，終於在八月十日迅即宣布無條件投降。同盟國受降典禮於當年九月二日在停泊於日本東京灣的美軍米蘇里號艦艇上舉行，我國派徐永昌代表參加。而這艘米蘇里艦，除役後也恰巧停泊在珍珠港被炸現場，兩相對照，意義非凡——前者紀念碑象徵記取慘痛的教訓，後者停艦於此，則代表勝利果實的展存，給侵略者一種現實的諷諫。

中國戰區的受降典禮，則於九月九日在南京由何應欽將軍代表受降，象徵結束這段艱苦的抗戰歲月。順天者昌，侵略必敗，全國同胞在狂歡中，得到最後的勝利。

——原載二〇〇四年六月號《青溪雜誌》第四八〇期

檀香山興中會會館旁，國父立姿像。

彩虹之州阿囉哈

到過夏威夷旅遊的人，都會帶回一句當地應酬俗諺「阿囉哈」，它代表問候、親愛、高興、歡呼等涵義；一句「阿囉哈」，無所不包，無所不利。還有一種手勢，將大姆指與小指兩邊翹起，說聲「曉卡、曉卡」，以表謝意。夏威夷人熱情，在各種場合中都會用到這句應酬話和手勢，以顯示親近和高興。就連在大衛魔術表演中，主要演員出場，一句「阿囉哈」開場白後，便向各國來賓問好，問到「China」時，還會說句「您好嗎？」我們齊聲回應「阿——囉——哈」，大家笑成一團。

夏威夷，是太平洋中一組群島，接近美國本土，為美國的第五十州。大小島嶼共一百三十二個，只有八個大島住有人，人口共一百二十萬。除土著、美國人外，大部分為移民；但美國人僅占百分之二十五，而日本人卻占百分之二十八，菲律賓人占百分之十九，現在州長即為菲律賓人。臺灣在夏威夷移民有八千多人，除做寓公賦閒外，大都做餐旅業和經商。由於移民互通婚姻，生出許多混血兒；一方面當地為觀光勝地，到此旅遊的外國人很多，所以在海灘、在街頭、和各公共場所很難分出誰是哪國人。

因為當地氣候溫和，不冷不熱，在海上衝浪和游過泳的人，大都在沙灘上仰天做日光浴，街頭上也少見有打傘的人；如果在海灘上見有用草蓆或浴巾遮身和在街頭撐傘的人，一定是從東方去的。且因為當地氣候適宜，四季如春，走路不會流汗，全身舒爽，大家衣服穿得很少，看不到穿西裝打領帶的人。有時一陣小雨過後，不久又見太陽，常有一道彩虹掛在天邊，所以夏威夷被稱為彩虹之州。

檀香山為該群島第三大島，有人口五萬人，美國人稱它為火魯奴奴，首府和機場均設在此地，為主要觀光地區。我們先參觀珍珠港，憑弔二次大戰被日機炸沉之艦艇殘骸。繼在市區觀光，看到州政府、昔日皇宮和「克美海美海」王朝國王銅像。乍看很奇怪、檀香山街上白天很多處為什麼都點著火炬？原來是從地面所冒出來的、常年不熄的天然瓦斯。然後遊覽中國城，和　國父孫中山先生在檀香山創立興中會新址（舊址已改為教堂），並在　國父銅像前致敬和攝影。該天中午即在興中會紀念堂樓下餐廳用膳，老闆為華僑，吃的是中國菜，招待分外親切。

珍珠港以生產黑珍珠得名，黑珍珠比黃、白色珍珠還珍貴。據說在深海自然生產所得一萬顆白珍珠當中，才有一顆黑珍珠，非常難得。我們在珠寶店只是開開眼界，不敢問津。夏威夷群島為火山岩所構成，由海底火山所噴出的岩漿，經過億萬年冷卻後，慢慢磨成綠寶石，它比鑽石還昂貴。有同仁購得一粒比黃豆還小的綠寶石，付款新臺幣五千餘元。店主人會講國語和閩南語，看到我們由臺灣去的人，解說非常詳細和親切，原來珠寶店是臺灣人開的。

在谷蘭尼牧場騎馬，是大家最刺激而又賞心的項目，二十多組人馬，編隊在山邊及山徑來回共騎乘四十分鐘，有人是生平第一次，生怕摔下馬來；我雖年邁，但仍駕輕就熟，頗為自然。因為我讀官校時，曾受過一個月的騎兵訓練，以前是「淺學騎兵躍戰馬」，現在卻是「重為馮婦馬蹄輕」。這次名雖騎馬，實為走馬，成語有「走馬看花」之說，我們卻是走馬看山，範圍又不大。如果你不驚心，騎在馬背上，背山面海，看水觀潮，再拍拍馬屁，撥弄幾下韁繩，使馬兒輕跑幾步，頗有一種浪漫氣氛。好在前有女馴馬師帶隊，後有馬場管理員殿後及前後巡行，只要你唯她的馬首是瞻，保證安全不出事，過一次騎馬癮。

騎完馬出來，去遊湖逛海，在海邊一棵大榕樹下，導遊說這棵大榕樹及牧場山麓一帶，曾是著名電影「侏羅紀公園」拍攝現場，大家都說好險，彷彿我們剛從群龍怒吼和洪水沖激的危險境地逃出來。

乘坐豪華的「愛之船」於夕陽斜照中在海上巡遊，是最賞心悅目、也是最為愜意怡情的時刻。船在海上緩緩巡遊，一面享受豐盛的餐飲，一面觀看精彩的表演節目。年輕漂亮的夏威夷姑娘，舞藝翩翩，生動火辣；除主唱臺外，還靠近各席間定點獻藝。如有旅客要求合照，便馬上湊在一起熱情親近。看她們的舞藝，搖臀扭腰，是其特長。窈窕的身材，電動似的快動作，在歌舞場中算是一流的。

向岸邊看，檀香山的高樓大廈，市廛櫛比，無冒煙的工廠，無機器的轟隆聲；高山上的別墅，參差上下，遠望白雲深處有人家，一片祥和靜謐，真是人間仙境。

在船上看太平洋落日，須把握太陽切海時刻。只見西方的雲天，泛起金黃色的天幕，映照得海天一色，浮光耀金，近影沉璧，船身似動還靜，夕陽無限好，使人陶然欲醉。

在夏威夷海上看落日。

乘潛水船深入水面一百一十五呎，在近海潛行四十五分鐘，可看到另一個世界。各種大小不同的魚群，在海底浮游，不食人間煙火，多麼優游自在。而令人感嘆的：很多架大型墜海的飛機，和多少隻大小沉船，它們形體依舊，未被打撈，不知道當初如何落海的？正尋思間，忽然一隻特大號海龜像騰雲駕霧似的游來，快接近窗鏡，想叩窗而入；我一聲「哈囉」，她又轉向他方。

乘車作小環島觀光，走在濱海鑽石公路上，途經哈拿烏瑪海灣，欣賞碧綠的海水及風光奇特的活水口。右邊是浩淼的太平洋，左邊則是有名的鑽石山，山水相映，倍增情趣。據說右邊近海的住宅區，都是千萬美金以上的豪宅；而靠山居者次之；等而下之者則為市區房屋。

這裡不但環境幽美，且氣候良好，白天平均氣溫為攝氏二十五度，很適合人們居住。美麗的觀光景點和遊樂設施，使人流連忘返。碧海藍天，風和日麗，到海邊游泳和衝浪，是當地人和觀光客的最愛。

——原載二００四年七月十一日《人間福報》

米勒故居在巴黎近郊巴比仲小鎮。

訪米勒故居

米勒的許多名著都是在此地完成，他和許多同好經常遊息於楓丹白露森林間，直接摹寫自然，將個人感情融合於鄉村田野間。

在西洋名畫中最常見的，除達文西的《蒙娜麗莎》外，大概是米勒的《拾穗者》了。

最初接觸《拾穗者》畫圖，是我買的一幅大型的畫板，後來才知道那是用拼圖製成的。起初，對於畫中人物的造型和畫像，只有初步的了解，知道畫中三位婦人是在拾穗，並不知這畫的淵源。

所謂拾穗，就是拾取稻麥收割時所殘存的

穗子，再打下它的顆粒作食物；但在歐洲法國只產麥子，不產稻米，拾穗當然是拾取麥穗了。

由於拾穗的方式，東西方大致相同，由這幅名畫喚起我小時的記憶。我的故鄉湖北省，只產稻子，麥子只是副產品，小時我就曾撿過稻子。當每年秋季稻穀登場時，一般小孩子便跟在收稻者的後面拾取殘存的穗子，拿回家後打下便成糧食。我家尚屬小康，對於家鄉俗稱的「撿穀」，只是客串而已，不過對於拾穗動作，記憶中仍留有印象。

歷經戰亂　國衰民窮

《拾穗者》的作者米勒（Jean Francois Millet），於西元一八一四年生於法國南部一個農村，當時正是歐洲同盟軍攻陷巴黎，拿破崙一世第一次被放逐之年；由於連年戰爭，國家財政困窘，農村人民生活非常清苦，而在米勒的成長過程中，國勢由盛轉衰，普法戰爭失敗，不但割地賠款，甚至皇帝被擄。

拿破崙稱霸歐洲的盛世已經過去，以致米勒終其一生，生活在一個國衰民窮的時代，他二十歲開始習畫，對農村貧苦生活體驗甚深，作品多以農民生活為題材，富於溫暖之情，至為感人。名作有《拾穗者》、《晚禱》和《死與樵夫》等。

米勒在一八四九年三十五歲時，遷居巴黎近郊之巴比仲（Barbizon）小鎮；《拾穗者》（The Gleaners）作於一八五七年，正是遷居巴比仲八年後所作。

此次旅遊歐洲，到巴黎後，除參觀幾處宮殿和古蹟、遊覽市區外，羅浮宮是必到之處。

在羅浮宮參觀了所謂鎮館三寶——達文西的《蒙娜麗莎》、米羅的《維納斯》和《勝利女神》……，但卻不見米勒的《拾穗者》，一些工具書上不都是說它收藏在羅浮宮嗎？

經導遊告知，原來《拾穗者》珍藏在羅浮宮對岸下游不遠處的奧賽美術館，歸在美術名畫之類。我們曾車經該館附近；但行程未安排前往參觀，而是在參觀過楓丹白露宮後，訪問了藝術之街巴比仲小鎮。

故居樸實　名畫之鄉

巴比仲是一個典型的鄉村小鎮，只有一條長街，沒有高樓大廈，行人車輛不多，未見有紅綠燈設置。樸實潔淨的街道，呈現著一片古風，很多畫室和藝術品店，點綴在兩旁，自古就是畫家聚居之地。據聞，現今英國女皇當年與夫婿蜜月旅行時，就曾下榻在此地一家淳樸的旅社，給此地增輝不少，至今猶為地方人所樂道。

米勒故居在巴比仲市街中段，住屋側面兩間畫室，緊接街市走道，不過此面門戶封閉，現由正門出入。正門前懸刻有米勒遷居此地起迄年份，從一八四九年三十五歲至一八七五年逝世時止，住此地二十六年，算起來享年六十一歲。

經過聯絡後，我們入室參觀，住屋前的小庭院，花木扶疏，綠蔭蔽日，很有古樸鄉村風味。入室後為過道和客廳，及二樓住屋，再進去便是一間起居室和兩間工作室，現有專人管理，並作陳列畫作解說。

舉目所及，牆上懸掛和地上架設的，都是米勒遺作。或大或小，或高或低，使人目不暇給；可惜都是複製品。

看到他所留下的工作環境，如同主人在世，頗有一股懷舊幽情。想他的一些名畫，都是在這裡完成的，但不知他生前有否想到自己的畫作，後來會聞名於世。

此時想起收藏在奧賽美術館的《拾穗者》真跡，為彩色油畫，畫布高八十三・五公分，寬一百一十一公分；較之達文西的《蒙娜麗莎》為寬大，可惜未能前往參觀。

在巴比仲鎮尚住有與米勒同時代的著名風景畫家盧梭（Theodore Rousseau，

一八一二—一八六七），和名畫家狄亞士、法蒂西諸人。盧梭的故居，與米勒的故居相隔不遠，那天未能交涉到開放參觀，我們在他的故居前盤桓良久，始悵然離去。

想他們諸位名家，志趣相投，畫功相若，經常遊息於楓丹白露森林間，直接摹寫自然，將個人感情融合於鄉村田野間，何等優閒愜意，而他們的畫作也同時記錄了當時的農村生活。看《拾穗者》畫景，當農村秋收之際，遠處麥禾成堆，而這三位婦人彎腰辛勤地撿拾麥穗，只為填補糧食，讓人看來，油然生起憫世心情。

——原載二〇〇六年三月號《大同雜誌》

蒙娜麗莎，同行友人林建智君攝於羅浮宮現場。

認識蒙娜麗莎

喜歡欣賞西洋名畫的人，當推達文西的《蒙娜麗莎》為最愛。這幅畫作我們平常只能看到她的複製品，如在書刊或畫刊上看到。大家都對蒙娜麗莎的微笑，感到美麗和神奇；也敬佩畫作者技藝的高超，和手法的獨到。

達文西為歐洲文藝復興運動中期義大利人，此一文復運動在西元十四到十六世紀之間，先在義大利的中部如佛羅倫斯等大城市展開。達文西踏著文藝復興運動的腳步，身兼畫家、學者和理論家於一身，其藝術作品為文藝復興的登峯造極之作；而他的名畫《蒙娜麗莎像》，便是一個結合現實並追求美感的最好例子。

這幅藝術傑作，現珍藏於法國巴黎羅浮宮，為該宮鎮館三寶之首。要想看到他的原作，得飛航十四小時，才能到達巴黎，在羅浮宮擁擠的參觀人群中，運氣好時，才能擠到前面瞄一瞄，再用數位相機將她攝下，才算不虛此行。

早聽到人說：因為羅浮宮每天參觀的人太多，大家都想看這幅名畫，要能看清她的真面目，極不容易。相傳不論觀畫者，站在哪一個方向，總會覺得她的眼神，正注視著觀者，很多人親自經歷過，證實此言不虛。

我那次隨團走進羅浮宮，跟著法國導遊左轉右拐，目不暇給，先看到許多名雕、名畫；但極欲先覩為快的，還是《蒙娜麗莎》。好不容易登上珍藏這幅名畫的德儂館二樓、第六展覽廳，只見前面萬頭攢動，鎂光燈閃爍不停；我們只能在後面踮起腳尖引領而觀之。等到人群稍少時，我便倚老賣老，幾個蛇行便擠到前面。一些年輕人看到我滿頭白髮，只要一聲「Sorry」，他們便把頭偏開，我得以從左右中三個角度再三審視，得以飽覽無遺。

達文西為文藝復興中期建立透視科學理論的畫家，他將立體透視法運用於繪畫，在西洋繪畫發展史上是歷史性的創舉。其名畫《蒙娜麗莎》，散發出神祕的詩意，經過精心設計的結構，揣摩人像細緻的造型，再調合平靜朦朧的光線，便襯出謎樣的微笑及優雅的姿態等。復運用浮雕技術，將對象的每一優點，每一特點，都忠實地呈現，使觀畫者都認為她是在看著自己，這便是她的神奇之處。

詎料此幅名畫竟在一九一一年被竊，直到一九一三年才被尋回，說來真是不可思議，也因此使她的聲名更加大噪。職是之故，羅浮宮對她特加戒備，她是館內唯一用玻璃框隔離起來的畫作。而展覽廳正面，也只獨掛此一名畫；其他左右和對面，算是陪襯的畫作。

維納斯女神，作者親攝於羅浮宮現場。

達文西，又譯作達芬奇，他的全名是「萊奧納爾·達芬奇」（Leonardo da vinci）畫作名稱為「麗莎、蕉貢妲肖像」，又名「蕉貢妲」或「蒙娜麗莎」（MonaLiza）。製作時間，約在西元一五〇三年—一五〇六年；畫材，木板油畫；幅度，七十七

×五十三公分；製作地點，在意大利的弗羅倫斯，也就是達文西的家鄉。這幅畫為法蘭西一世所收藏，一五一六年達文西應法蘭西一世之請，定居於法國，三年後去世。

一般畫人像畫，擺在前面的模特兒，只有數小時，很少長達一天的。而《蒙娜麗莎》這幅畫，從一五〇三年畫到一五〇六年，為期長達四年，哪有一個模特兒，供他如此長時間畫作的。

從資料顯示：這幅畫的模特兒，名叫「麗莎、蕉貢妲」，大家認為她是義大利一位貴族的夫人。一日，達文西往訪，見她端坐在客廳裡，正是畫中的微笑姿態。據說這位貴族夫人新婚不久，身懷六甲，將一個將做母親的喜悅，從心中寫在臉上。達文西捕捉剎那為永恆，深刻在腦海中不忘，便馬上回家動筆，一再修改揣摩，經過四年功夫，真是慢工出細活，才完成這幅名作——一個笑容，一幅風景；使所有的畫家、作家或理論家，都為這位輪廓模糊繪畫大師的高超藝術所吸引；更使達文西的聲名，引領風騷五百年而不墜。

另有一說：「達文西就是蒙娜麗莎。」美國一位電腦藝術家，在將達文西的自畫像與蒙娜麗莎畫像，經電腦比對之下，意外地發現兩者有許多地方極為相像；所以認定蒙娜麗莎就是達文西自己。因為達文西早年喪母，他很懷念母親，便將母親的影像融會於畫中，當然自己就有母親的影子。正如文前所說：他是一位結合現實並追求美感的畫家。

——原載二〇〇六年四月號《南投青年》第三三三期

巴黎鐵塔大放光明。

夜遊塞納河

到巴黎旅遊的人，除參觀各處宮殿、教堂和博物館以外，隨車遊覽市區，流連在各重要景點，當有助對浪漫花都的了解。

要想一覽整個大巴黎市區，最好登上艾菲爾鐵塔。此塔高三百二十公尺，塔身分為三層，第二層有著名的餐廳，通常一位難求。要是登上最高頂點，在升降機上，鳥瞰整個大巴黎市區，腳底下的繁華熱鬧，一眼看不完。正是：「會當臨絕頂，一覽眾樓小。」好像只有自己才是高高在上的人。

有人說，看巴黎景色，最好看夜景。如果

在夜間登上此塔頂層，只見滿城燈海，金碧輝煌，不覺眼光撩亂，全世界最繁華的市區夜色，讓您飽覽無遺。

不過，還有比夜間登上塔頂，更為賞心稅目的遊法，那便是「夜遊塞納河」。夜間遊河，所觀賞到的妙景，是同時攀上塔頂上的人，所無法欣賞的。

塞納河自東南流入折向西，貫穿巴黎市區，而西堤與聖路易這兩個小島，就在巴黎中心的河中央。別看西堤島小，它正是巴黎的源始。遠在西元前三百年間，就有一支稱為巴黎西族的人定居於此。此後，由此小島逐漸向四周拓展，才有現在巴黎市區的耀眼繁華。

巴黎九月中旬的天氣，八點鐘才漸覺天黑，我們此時正從西堤島最南端的船埠登船，開始順流向西航行，夕陽餘暈，照在塞納河上粼粼發光。航程是八小時「開發兩岸夜景」，此時雖華燈初上，我們對左右岸的景色，仍然清晰可見。右岸有許多高大建築物和高樓別墅，岸邊有一排排的行道樹，翠綠青葱，給一些白牆灰頂的屋宇，增添幾許靜謐氣氛。當我們向它們觀望時，那些豪宅的主人，也正在廊間窗前俯瞰著遊船和塞納河靜靜的流水。

左邊正是西堤島的北岸，島上有莊嚴肅穆的聖母院和聖禮拜堂，以及著名的司法大廈和巴黎古監獄。我們白天曾車經此地，對各景點外觀已有初步的了解；而晚間遊船靠近航行，更加深對它們的認知和想像。

塞納河有四座經西堤島銜接兩岸的橋樑，每座橋都扁平而寬大，船經橋下後我們都轉頭向後觀賞。其間有座在兩旁矗立高大的石柱上，雕飾有金色大獅子四隻，在夜色蒼茫中格外耀眼醒目。無論你過的是哪一道橋，聖母院那灰白的歌德式建築，都在視線之內，總不由得你不瞥上幾眼。

巴黎古監獄，那座淺灰塗黑的牆壁，有古色並不古香。因為在法國大革命期間，這裡先後關過四千多人，最著名者為路易十六的皇后瑪麗•安東尼，和革命領袖丹敦與羅伯斯比，他們被拘留在這裡，先後都被送上了斷頭臺。

遊船慢慢地航行著，不久我們的視線，都為艾菲爾鐵塔所吸引。船沿西堤島航行至一半路程，時鐘正指向八時二十分，鐵塔開始射光，只見塔頂左右射出兩道強光，向四周平行旋轉，籠罩著巴黎的夜空。大家的脖子，也隨著它向四周仰視。導遊說，後面還有更精彩的景色，叫大家拭目以待。

船經西堤島西面頂端，在綠林公園向左轉，經新橋沿西堤島南岸逆水而上，此時景色與前段則大異其趣。南岸不遠處是巴黎市區，大樓矗立，正是夜間熱鬧時段，五顏六色的燈飾，車如流水氣如虹，使人目不暇給。而左面西堤島上卻感覺一片靜謐，有人聽到鳥叫，有人聞到花香，原上島上北面有「花市與鳥市」，此時正是開市時段，使人感受到一種鳥語花香的詩意。

行行復行行，忽然大家呀地一聲驚叫，時間正是夜間九點正，鐵塔全塔發光，霎時塔身從頂到底，全染上一片金色光環，搖身一變與白天全然是兩副面目，大家的脖子都伸向鐵塔仰望。全巴黎市區的人們，也正為每晚九時的金色光芒，而凝神眩目。而鐵塔的強光照射在塞納河上將水色染成一片金黃，兩旁行道樹的空隙處，也好像綴滿金燈而閃爍發亮。遙望登上塔頂的人們，正環視市區絢爛的夜空而雀躍指點；但他們卻看不到自己所踩踏的鐵塔，全身所發射的光芒。套句古詩說：「不識塔臺真面目，只緣人在塔身中。」只有在平地上的觀眾，才可仰視那綴滿金鈴似的塔身，而為之目眩神馳。

正當我們仰瘆脖子之際，大家又啊地一聲，鐵塔的金光忽暝然而滅，時間是九時十分，也是我們在原點下船的時刻。

——原載二〇〇六年八月十二日《青年日報》

滑鐵盧古戰場，在比利時首都布魯塞爾東南方九公里處。

弔古戰場滑鐵盧與省思

「滑鐵盧」一詞，對一般人來說，並不是什麼好字眼。如某場球賽，甲隊以終場不濟，慘遭滑鐵盧；某次報載，某政黨以政務官下鄉參選百里侯，全遭滑鐵盧；還有，買大批彩券未中獎，或方城之戰大輸，也被形容慘遭滑鐵盧。足見滑鐵盧三字，不為人們所喜愛。然而，滑鐵盧（Waterloo）本身無罪，她光明正大地為比利時之一小鎮；只因為在西元一八一五年六月十八日，法國皇帝蓋世英雄戰無不勝的拿破崙，於是日最後一戰在滑鐵盧慘遭敗北，而被兩次放逐，以致鬱鬱以終，留下古戰場滑鐵盧，讓人憑弔與追思。

要檢討拿氏該次戰役失敗的緣由，應先略述其生平事績與戰功偉業，和北伐俄羅斯及萊比錫之役兩次失敗之教訓，及其他天時、地利與人不和的因素，才種下滑鐵盧之役慘遭失敗的禍因；以致拿破崙英雄氣短，功敗垂成，遭受兩次放逐，因胃疾齎志以歿，享年五十二歲。

拿破崙（Napoleon.Bonaparte），一七六九—一八二一年法蘭西皇帝，即拿破崙一世，科西嘉島人。幼習陸軍，充砲兵少尉，屢有戰功。一七九五年，正當法國大革命之後數年，國內政治不穩之際，統兵略義大利，破奧地利，繼入埃及，滅回教國。一七九九年，歸國組織新政府，收拾法國大革命後之殘局，已為第一執政，獨攬大權。一八〇四年三十五歲時，稱法國皇帝，更兼義大利王。發海軍攻英，兩破奧軍。一八〇六年，陷柏林，歐洲各國，除英國外無不臣服。其兄約瑟夫為西班牙王，弟弟傑羅姆為荷蘭王，為拿氏王朝極盛之時代。一八一四年親率大軍攻俄，無功而返，及萊比錫一役戰敗，勢力大挫。就在當年各國聯軍陷巴黎，流放拿氏於地中海之厄爾巴島（Elba），旋復遁歸巴黎，再做百日皇帝。迨滑鐵盧戰敗，又被流放於南大西洋之聖赫勒拿島（St. Helena），後歿於其地。迄一八四〇年新王路易・腓力將其靈骨迎歸，葬於巴黎現在之圓頂及聖路易教堂，可供遊客憑弔與瞻仰。

征俄之理由，為俄帝亞歷山大一世，曾應允與法國永遠聯盟同攻英國；但後來俄帝背約，又不肯說出理由，所以拿破崙非要率兵飛渡萊茵河，去質問他不可。

當時拿破崙率聯軍六十萬大軍征俄，於一八一二年六月二十日出發，六月二十六日法軍渡過尼門河；俄軍奉令一見法軍便後撤，極力避免和強大優勢的法軍接觸，然後在遙遠的大後方再行集結。

這種誘敵深入、更堅壁清野的焦土政策，使法軍進退不得。先是烈日當空，熱氣逼人；後是天寒地凍，馬倒人餓。俄帝甚至自己火燒莫斯科，斷絕其糧秣補給。以致原征俄六十萬大軍，至撤退時只剩五萬人。拿破崙係於當年十二月十八日化妝成商人，坐雪橇回到巴黎，形狀非常狼狽。

此時歐洲各國人士，都渴望和平，而拿破崙卻在追求一場新的勝利。當和平無望時，於是俄、普、英、瑞、奧等國同盟，向法國宣戰。聯軍人數龐大，而拿破崙只勉強徵集到十八萬新兵。首先是普魯士向法國開火，拿破崙為迎擊聯軍，立刻率領十八萬裝備不足的隊伍，渡過萊茵河，進入德境，占領柏林南面的德雷斯登。先後在保城和莒城打了兩次大勝仗，使聯軍亂了陣腳，隨著便潰不成軍。

後來，聯軍人數已增至八十五萬，形成一皇戰四帝，戰場在德國之萊比錫，大戰於一八一三年十月十六日展開，法軍仍能以寡敵衆，騎兵更深入敵陣，衝殺到遙遠後方的俄、奧、普三帝面前，嚇得他們拼命逃走。後來因砲彈補給不足，不得不緊急撤退。法軍本來是打勝仗的，而歸來時卻非常狼狽，自己的隊伍，因提前炸燬橋樑，部分無法渡過，而被聯軍吃掉。萊比錫一役，使拿破崙元氣大傷。

接著是法士保衛戰，聯軍更攻陷巴黎，拿破崙不得不退位而被放逐到厄爾巴島去；可是他在該島只住了七個多月，他有本領又帶著隊伍回到巴黎，重做了百日皇帝。拿破崙之雄才大略，於此可見。

當時歐洲各國，都認為拿破崙是世界和平的敵人，不承認他這位復辟皇帝。聯軍發動七、八十萬大軍指向巴黎，聲言討伐拿破崙。法國上下兩院議員及國內大多數人士都不支持他。以致他原來要徵募的兵額，勉強只徵到六萬人。後來又加緊徵召由六萬增加到十三萬人；但是要和英、奧、俄、普的聯軍比起來，仍然是眾寡懸殊。

拿破崙想以寡敵眾，出奇致勝，於一八一五年六月十二日清早，便在波蒙集結部隊。第三天，法軍首先很輕易地挫敗普魯士軍的前鋒；然後就從比利時國境一路北上。他們來到預料中英軍和普魯士軍將要會合的兩條交叉路口，等候迎擊敵軍，不使他們會合，予以各個擊破。

當時內埃將軍奉命，專為對付普魯士軍，前往比利時首都布魯塞爾大道上前進；但是陣前所見，乃是英將威靈頓所率領的英國兵；而拿破崙軍前卻出現了普魯士的大軍，首先敵情即判斷錯誤。

六月十六日早晨，拿破崙首先發動拂曉攻擊，突破了對方的中央陣線，逼得普軍只有逐漸後退的份兒，雙方在林尼地方短兵相接。普魯士總司令布律協中彈落馬，由副總司令率領且戰且走。拿破崙即命內伊將軍去收拾殘敵，不料晚了一步。普軍深恐法軍截斷他與英軍的聯絡，於是急行軍向北方滑鐵盧一帶退卻；拿破崙又命葛魯西將軍率三萬人馬上去追，可是普軍已順利與英軍會合了。

英將威靈頓接到普軍在林尼敗退的報告，只好將守軍撤退到布魯塞爾東南方小鎮滑鐵盧。拿破崙急令倪將軍追殺退卻的英軍；可是天空忽然下了一陣傾盆大雨。英軍被淋得像落湯雞，而法軍也因道路泥濘而慢了一步。只好眼巴巴看著英軍撤向滑鐵盧。

英、普兩軍在滑鐵盧一帶，很快把陣地布妥，等待法軍來攻。

十八日中午十一時，豪雨停止了，拿破崙命令侍衛軍向山坡的英軍發動攻勢，然後步兵大量出動向敵人猛撲。英軍受不起這種打擊，眼看便要崩潰了。

可是就在這千鈞一髮之際，由畢陋將軍率領的三萬普軍及時趕到，使英軍士氣立刻復振起來。

法軍隨即又發動第二次攻勢，使用身穿鎧甲的騎兵衝向敵人。大約在三小時內發動數次的衝擊，結果攻破了英軍第一線方陣，奪得敵人六面大旗。但是騎兵在敵人熾烈的砲火下前進，死亡的數字大得驚人。又急令步衛軍協助，終於將普軍擊退，占領他們的陣地，聯軍這時已筋疲力竭，陣容潰亂。

拿破崙數次在滑鐵盧戰場，占著優勢，本來不致潰敗；可是就在此時，普軍總司令布律協帶傷出陣，率著四萬援軍衝上來；而法軍此時兵源缺乏，唯一的希望，只有葛魯西帶去的三萬人，尚未投入戰場，於是急令率部增援；可是葛魯西部不但未追上英軍，又遇著路上連日遭逢大雨，滿路泥濘，滑溜溜地不易前進，無法在這關鍵時刻及時趕到。

拿破崙最後只好運用那僅有五千名老衛隊來對付敵人。可是老衛隊耐不住敵人猛烈的砲兵的攻擊，再加上幾股哈諾瓦、比利時、荷蘭的小部隊從旁乘機襲擊，老衛隊也打敗了。英普聯軍又吹著衝鋒號攻上來，撤退的法軍秩序大亂，這時拿破崙不得不承認大勢已去。就像我國當年的項羽喊道：「此天之亡我，非戰之罪也。」

此次隨團作歐洲之旅，來到比利時之滑鐵盧，憑弔平沙無垠之古戰場，及戰場旁獅子座下所埋葬的萬人冢。參觀拿破崙博物館，及瞻仰公園內拿破崙立像；使人興起緬懷古蹟，想像當年古戰場死事之慘烈。往者已矣，仍令人追思低回不已。

——二〇〇七年七月八日

滑鐵盧公園內拿破崙立身銅像。

仰望阿爾卑斯山中部主峰鐵力士終年積雪。

賞雪鐵力士

有人說：「最美麗是回憶，過去的時光最甜蜜。」可是，我這大半生憂患多而歡樂少，唯一最美麗的回憶，最歡樂的時光，便是童年在山區裡玩堆雪人遊戲。在家鄉每當寒冬歲暮，漫天大雪紛飛，放眼大地一片銀色世界。正是「千山鳥飛絕，萬徑人蹤滅」，只有我們小孩子，喜歡在雪地玩耍，常被大人拉回家關門不准外出。那段童年玩雪的歡樂情景，迄今回味無窮。

來臺數十年，住在亞熱帶寶島，四季如春，雖然在嚴冬時玉山、合歡山開放賞雪活動；總以人到晚年身體畏寒，不敢造次登上雪山，連雪景也無法看到，多年來一直與雪絕緣。

此次歐洲之旅，行程中有瑞士鐵力士山賞雪之旅。需坐數道纜車登上瑞士中部最高峰、海拔三〇二〇公尺的鐵力士山作賞雪活動，同時穿越萬年冰河，欣賞阿爾卑斯山之美麗景色。

瑞士是個多山之國，阿爾卑斯山自東向西涵蓋了百分之六十以上的國土，其中森林約占百分之三十；其餘都是可耕地、湖泊和草原。且緯度較高，氣候寒冷，峰巔上亙古積雪不化，冰河約占二千平方公里。擁有上百座白雪覆蓋的山峰，都在海拔三、四千公尺以上。看她冰雪晶瑩的山色，澄澈如鏡的湖光，和碧草如茵的草原，以及點綴在山坡上咖啡色的旅舍，儼如人間仙境；無愧於以其壯麗的高山雪景，和有世界花園之稱而聞名於世。

鐵力士山（MT. TitLis）有最壯觀的冰川雪景，和最大型的全年開放的滑雪勝地，且有世界上首創的旋轉纜車；讓你在這個獨一無二的冰雪天堂，盡情地賞雪、滑雪而流連忘返。

到鐵力士山賞雪有三條交通路線可供選擇：一、從盧森（Luzern）乘登山火車大約一個小時便可到達英格堡（EngeLberg），沿途可以飽覽秀麗的湖光山色。它是全世界最陡峭、傾斜度百分之四十八度的登山鐵道。過去係採用齒軌登山鐵軌，現在雖已淘汰；但由於坡度太陡，火車需費力嗚嗚地往山頂爬，與火車行車逆向坐的人，幾乎難以定位。這與臺灣阿里山登山火車需兩個火車頭前後推拉的艱困相似。二、從盧森開車出發，經N2公路至南史坦斯（Stansud），然後沿路標從主幹線公路直達英格堡。三、乘船沿盧森湖至史坦斯達德（Stansstad），再乘巴士和火車至同一目的地。

英格堡是一個完美的度假勝地，海拔一千公尺，係登鐵力士山四道纜車的起點。在秋冬雪季，初次來此旅遊者，在英格堡即可賞雪、滑雪，作初探之旅。當然，大家都希望登上鐵力士這個獨一無二的冰雪天堂，穿越冰川、冰洞與原始雪山相擁抱，展望遠近粉粧玉琢的雪峰，才不虛此行；如果能從三千多公尺的峰頂，循原有滑雪雪道，通過幾處雪墩，一路骨碌碌滑下山來，才算過足癮頭。

以英格堡為起點，登山的纜車索道有四段，因山勢的不同，坡度的大小，上山的纜車也有好幾種。鐵力士的纜車是全歐洲最長、坡度最陡的，全長約四千公尺。這麼長的索道，頂點又是上層鬆軟的雪山，必須將索道上下定點繫緊繫牢，分段將吊椅、纜車拉上。它的支架須根植於五米厚的冰層之下堅硬的山岩內，經常檢查保固，才能使上下山的纜車，安全確保無虞。

到達鐵力士峰頂的行程，大約需要四十五分鐘：第一道從英格堡起，乘坐可載六人座的冰川飛渡椅，一邊三個人，兩排對座。此段因山坡很陡，越過黑黑的森林向上爬，可望到林木上積雪未消的景象。約需十五分鐘，將座椅拉到一個標高一三〇〇公尺的小山崗格士尼站（GerschnaLp）。再轉換第二道索道，坐同樣吊椅，到達海拔一八〇〇公尺的特裡布湖（Trubse）中途車站，仍需十五分鐘。中間要經過一道滑雪的地帶，如在冬季上山，可看到三五滑雪好手，飛也似地從高處沿著冰河雪道飛滑下來，就好像一群輕盈的雪燕，轉瞬消失不見。第三道索道從特裡布湖站起，轉乘可載客八十人的大型纜車，在車內望著特裡布湖裡倒映著的雪山雪景，和上層的飯店樓臺，有如反射的海市蜃樓，使人有迷幻的感覺。纜車很快地飛越史坦德冰川，此時已上升到海拔二四二八公尺的高空，約十分鐘到達史坦德站（Stand）。眼見山下大雪覆地，雪花迎面飄飛，四周白茫茫一片，山是白的，雪也是白的，使人感受到「不識雪山真面目，只緣身在雪山中」的頓悟奇想。

最後的五分鐘，非常特別，換乘世界首創的圓形旋轉纜車，車內仍可容納數十人；車廂能做三百六十度的旋轉，我們如同坐在走馬燈內，可以觀望到四面八方的雪峰連亙，與山下裸露的岩層和平疇綠野、峰頂和平地的形貌，迥然不同。

我們此次趕在九月中旬來遊，山下積雪都已融化，殘雪尚掛在枝頭，也見有鋪在岩石上，惟不見有滑雪人影。最妙的特里布湖躺在中途站的山腰上，與大陸敦煌的月牙泉迥異其趣。它可以提供遊客另一種賞雪旅程：沿著設有保護設施的冰川雪道，漫步沿途觀賞變幻莫測的雪山景致，和令人驚嘆的原始冰河，半個小時就能到達可以俯瞰全英格堡的觀景點。特里布湖旁不但可以徒步旅行，可以越野滑雪，還可以坐橫向纜車穿越冰湖至另一山頭下的纜車，從各個不同的角度，觀賞群山峰頂各自不同的積雪容貌。

五分鐘時間雖然很短，我們不放棄觀賞每一個旋轉角度的雪山雪道，和峰峰相連的銀山勝景。悠悠然隨車旋轉而上，在不知不覺中就到達了鐵力士山海拔三〇二〇米，令人嚮往登臨的峰頂。

從英格堡起站上纜車，下面還是綠色的山谷，換乘三次纜車、吊椅，經過風景變化多端的雪山，只需四十五分鐘，就登上了阿爾卑斯山的冰川雪地世界。下纜車後接著便走進全景飯店，店內前有眺望廳和陽臺，後有小型賞雪廣場；在山頂無論站在壯觀的露天觀景平臺，還是在室內獨具匠心設計的三百六十度全景窗子前，或者是冰洞內的「南面之窗」前，均能把瑞士阿爾卑斯山山區，與德國黑森林的奇妙景象，盡收眼底。

「青山原不老，為雪白頭。」這裡早就沒有青山了。遠眺海拔四一五八米、也是歐洲最高峰的少女峰，和近處雪朗峰、瑞吉山一片雪白，這裡是賞雪人的最高境界，也是滑雪客的遨遊天堂；可惜我不善溜滑其間，此地也缺乏踏雪尋梅的情韻；然而，面對著這潔白無瑕的銀色世界，我的心湖也明淨澄澈多了。

在全景飯店跟著大家一起走，進入一道地洞，一時頗有寒意；經領隊解說，始知即為聞名的「萬年冰宮」，亦即俗稱的冰洞。觸摸內部的原始冰層，令人對這個天然的大冰箱，頗有一股震撼的感覺。

走出全景飯店，經過一道平臺，便踏入攝氏零下五度的雪地，一時高處不勝寒；由於數十年來未摸過雪，同行者又多為青年男女，大家一時高興，我倚老不賣老，便和他們一起玩起雪球來，不覺似恢復童年玩雪的動作。之後，我走近一道雪堆，抓起一把雪，兩手反覆把玩，如捧童年舊物，原來這是數十年來既疏離而又多麼渴望親近的一刻啊！

——二〇〇七年十一月二日

在蒙哥特山丘鳥瞰巴黎全市情景。

巴黎街頭速寫

有世界花都之稱的巴黎，常是遊客嚮往的地方。有人說，「浪漫」是世人頒給巴黎的動章；因此，巴黎又有浪漫花都之稱。不過，這些乃是指她的繁鬧、奢豔與時尚而言。實際上，巴黎已是歐洲與世界的名城，在藝術、工藝、文化、文學和戲劇、電影等方面，都有她確立的光耀和前衛地位。

在巴黎旅遊三天，隨著團體行動，只是走馬看花。巴黎有博大精深的羅浮宮，與奧賽美術館的珍藏；聖母院與聖心堂的古老濃厚宗教肅穆氣氛；凡爾賽宮和楓丹白露宮的偉大建築與其光榮歷史；法國大革命時期斷頭臺與古監獄的遺跡；還有拉法葉和春天兩大百貨公司的時尚服飾；以及紅磨坊夜總會和各區歌劇院的精彩表演。使你在極短時間內遊賞不完，也不是幾篇文章可以寫得盡的。至於巴黎街頭更是五光十色，熱鬧非凡。這裡僅就瞬間目光所及，提筆速寫幾則，以見一斑。

一、房屋風格一致：巴黎市街房屋，建築風格、顏色相同，灰牆白頂，新舊一致；放眼一觀，好像所有房屋，都是在同一時間，由同一建築師所設計，而在同一時間內完成的。

實際上，巴黎市區規劃與定名，應從一世紀法蘭克王朝開始，至拿破崙三世時代，才大規模建設與規劃，統一市容。歷年整修，也依循以前風格；所以初次看來，一成不變。

凱旋門與香榭大道舉世聞名；不但大店名店、電影院、咖啡廳都集中於此，附近更是豪華大旅館、講究的餐廳、世界一流的精品店、服飾店都坐落在香榭麗舍大道兩側。而「春天」和「拉法葉」兩大百貨公司，也離此不遠。在此寬闊的香榭大道上漫步，最能體驗出巴黎浪漫的風情。

二、氣候和臺灣相似：在陽曆九月中旬，隨團旅遊巴黎，初到那天參觀凡爾賽宮，

巴黎凱旋門。

即雨聲不止；不久遊覽市區，便雨過天青，同樣是「晴時多雲偶陣雨」，瞬間即逝。在凱旋門參觀時，忽然氣候轉變，大家都穿起厚衣、撐起雨傘來。過了兩條馬路後，即雨止轉陰。在同一時間、同一街道上，就有穿著毛衣、襯衫夏冬不分的行人。

巴黎因為時差比臺灣晚六小時，下午八時始日落。我們晚餐後去塞納河遊船，在臺灣已經是深夜，而巴黎西天的彩霞，仍瀰漫天際，照射在塞納河上，河水粼粼發光，沿岸的風景，尚清晰可見。清風徐來，晚霞在天，此時又最能體驗出古人「夕陽無限好」的詩句。

三、人與鳥的關係：我國曾有「民胞物與」的古訓，商湯教人民打獵要「網開三面」，古聖先賢，早勉人要與禽獸和平相處。實際上，從古代的帝王與庶民，都以狩獵為休閒取向，能射雕打雁，被視為高手。迄至近世，竟有人烤鳥肉販賣，捕殺候鳥，阻斷賽鴿飛行，或見鳥便捉；以致鳥類見人便飛，從不敢與人類接近，鳥與人類的關係，避之惟恐不及。

此次隨團作歐洲之旅，去過西歐四國，他們的國度裡鳥不畏人，野鳥如同家禽，而且行人讓鳥，生怕踩傷了牠；而牠們也得以從容在人群中漫步覓食。不但在歐洲，早先旅遊美國夏威夷時，在餐廳早餐時，群鳥就在腳旁找東西吃；就如同我們的家犬，在餐桌下啃骨頭一樣。

在巴黎市區房屋上，常見有鴿子沿牆低飛棲息。在司法大廈裡鴿子可以自由飛進飛出，也如同我們的家燕，自然寄居一樣。在巴黎鐵塔的草坪上，一批批的遊客就地野餐；而一群群的鴿子就在旁邊覓食，彼此和平相處。我曾在拉法葉百貨公司的頂樓陽臺休息，兩隻鴿子竟走來向我討東西吃。我將麵包屑餵牠們將近十分鐘，吃完後牠們望望然離去。

麻雀是我們討厭的鳥兒，臺灣到處都是；在歐洲卻少見。領隊說這次在巴黎郊外，他曾看到幾隻；我在巴黎鐵塔旁，也難得看到幾隻麻雀從樹上飛下來，馬上又飛回去，好像牠們也不受人歡迎。遊客上鐵塔要買票、排隊久等；而鴿子不需買票、可以在各層塔臺自由飛翔，他們也從不驅趕牠們。

四、吉普賽女郎：有人說，旅遊要有錢、有閒、還要身體好；我卻再補上一條，要防偷防搶。曾聽人說：在歐洲各大城市，吉普賽女郎扒竊，最是高手。她們先用一本書遮住你的視線，然後在你身上，很快稍動手腳，便會把錢包偷走，順手丟給在街旁抱孩子餵奶的同夥婦人。婦人迅即往懷中一插，失主不好意思去搜身，找警察幫忙也莫奈她何。有人在巴黎自助旅行，被幾個吉普賽女孩子包圍，硬將護照給搶去，使她遭遇極大的困難，好不容易辦好手續，才得以回國。

我特別先叮囑領隊，讓我看看吉普賽女郎的真面目。他用眼睛一瞟——「喏！身旁兩個就是。」原來她們想來找我們下手，眼見我們人多有警覺；只好知難而退，迅即混入人叢中另尋找目標，做她們的「生意」去了。

五、好黑的黑人小姐：在凱旋門北面一條馬路上，因為剛才下了一陣小雨，天氣陰暗，我看見前面有一條黑影在向我走來，頗覺詫異；待她走近面前，定睛細看，首見她露出一口白牙齒，面部漆黑發光，原來是一位黑人小姐。她身材苗條，穿著摩登，弔詭的是，她全身都是黑色服飾，從上到下黑到底。黑人我見過多矣，尚未看到如此深黑的，也未見過如此打扮，難免一時驚異。我想，如果她在黑夜暗處行走，對方只看見一縷黑影在晃動，不嚇壞人才怪。

六、一艘超級波霸：在市區某一人行道上，瞥見一位重量級婦人，昂首挺腰，施施然向前移動。人家背包背在後，她卻背在胸前，似有不勝負荷之感。待她走到近前，見她身上只穿一件薄衫，胸前並無負載，不見雙峰聳立，只是一片廣大高原，看來土壤肥美，噸位不輕，始知為一超級「波霸」也。一般婦女想減肥爭苗條，這位婦人不知有否努力過？看她舉步如此艱難，全身力量得支撐胸部，毋乃人生一大負擔；不過，如果她參加「世界重量級波霸杯」比賽，一定會穩拿冠軍。

——原載二００七年十一月號《南投青年》第三四五期

市政廣場文藝復興時期的文物。

訪問蒙娜麗莎的故鄉

前寫〈認識蒙娜麗莎〉一文，為當時參觀巴黎羅浮宮，親攝到《蒙娜麗莎》的原作，所寫的一篇旅遊記述作品。在參觀時我曾詢問法國導遊，蒙娜麗莎究係何許人也，亦即原作的模特兒是誰？他答以：眾信是佛羅倫斯的一位貴族夫人，……我話還沒有問完，他便邁起那高大的腳步趕到前面去了。

一般人也都如此認為，蒙娜麗莎是該地的一位貴族夫人，達文西當初看到她時，正是面帶微笑。他捕捉到瞬間的靈感，化剎那為永恆，花了四年功夫，才把這幅畫畫好，成為曠世的名作。

在二〇〇七年一月二十日的《中華日報》有一則報導：標題為「蒙娜麗莎的葬身地被發現」，上面刊出一幀有兩個年輕女士的照片，旁邊注明：「義大利業餘歷史學家宣稱查出《蒙娜麗莎》本尊身分，圖中兩人就是她的後代。」內文報導略以：

「業餘的歷史學者帕蘭提說他已經發現了達文西著名畫作《蒙娜麗莎》畫中模特兒最後的葬身之地。」

「一般認為：畫中的女性是麗莎‧格拉迪尼，她是佛羅倫斯一位富商的夫人，死於西元一五四二年七月十五日，死後被埋葬在佛羅倫斯一個現在已經破敗的修道院中。麗莎去世前最後幾年，在那個修道院中度過。……」

看了這則報導，已證實達文西此畫中的模特兒確實有其人，連她的生平、死年、葬地都有明確的交代。儘管過去還有一般人對《蒙娜麗莎》畫中的模特兒揣測紛紜，此時應可得到確實的結論。

去年（二〇〇七），我有機會作第二次歐洲之遊，在遊義大利水都威尼斯後，下站西行是佛羅倫斯。我請問領隊說：佛羅倫斯是蒙娜麗莎的故鄉，此行可否找到她的故里和後代？領隊馬上在車上播放達文西生平事蹟CD光碟片；但對《蒙娜麗莎》畫作中的模特兒並沒有明確的解說。

等到我們到達佛羅倫斯後，在參觀市政廣場時，我將原問題詢問當地的導遊小姐，她說：蒙娜麗莎只是一幅畫，不是一個人。……又匆匆地跑到前面去作導遊解說了。這位小姐是當地的華僑，國語流利；但對達文西這幅畫作缺少認識，其他的人當無法再問了。

蒙娜麗莎的訊息，既然找不到答案；倒是在文藝復興的發源地佛羅倫斯，看到在西元十四到十六世紀之間，當地許多氣魄偉大的藝術家留下的傑出作品，算是不虛此行。

達文西、拉斐爾與米開朗基羅，並稱文藝復興期之三傑，他們都是佛羅倫斯人，在繪畫、雕塑與建築上各有其特殊成就。惟在佛羅倫斯看不到達文西《蒙娜麗莎》的原作。原來這幅名畫早在一五一六年為法王法蘭西一世所搜購珍藏，現存在巴黎羅浮宮內，達文西本人亦隨之定居巴黎，三年後以終。他的故鄉還好在烏菲齊畫廊收藏有他的名畫《聖母領報》，畫工細膩，色彩柔和，人物造型，栩栩如生；但不及《蒙娜麗莎》名世。

米開朗基羅，最善於建築與繪畫；尤擅長雕塑。其代表作《大衛》之大理石雕像，淨長十三呎，與一般人身體等高，裸體直立，魁梧健壯，煥發青春氣息，顯示出男人的典型。原作收藏於學院畫廊，陳設在米開朗基羅廣場與市政府廣場的雕像，均為其複製品。

拉斐爾的畫作，早在國中歷史教科書上、看到他的《聖母子與聖約翰》，在帕拉蒂娜畫廊收藏有他的《披紗少女》，端莊嫺雅，寫盡少女情懷。

我們參觀了主教堂、市政廣場和行政中心老宮，看到他們五百多年前的建築，仍然保存完好，莊嚴宏偉，細膩精緻。在老宮內有五百年大廳，外牆上有米開朗基羅的《維多麗維》雕塑。市政廣場內有三個大型塑像靠邊並立：左為章博洛尼亞作的《科西摩一世》騎馬像，威武雄健；中為阿馬納蒂作的《海神噴泉》，高大觸目，右為米開朗基羅作的《大衛》雕像，英俊雄偉。後二者均為裸體雕塑，刻工精巧，體態均勻；尤其是他們的男性第一性徵，非常明顯突出，陳設在大眾公共場所，不避俗眼審視。大家均以藝術品視之，並未有人認為粗俗不雅，也沒有人破壞或噴漆。

我們也尋訪到《神曲》的作者但丁（Dante，一二六五—一三二一）的故居。這位享譽不朽的義大利詩人，尊美善合一說，於希臘、羅馬文學研究甚深。以奔走國是流竄外鄉，終於不得志而歿。——「古巷共尋人去後，夕陽殘照掩門扉。」門外牆壁上貼有但丁的兩幀遺照，注明生卒年分，死時只有五十六歲，別無其他景觀，這便是我們尋訪但丁故居的簡單印象。

但丁的《神曲》，是一部地獄天堂的幽遊史詩。因為莫名的緣由，但丁恍入幽黯的地獄叢林，一段經歷地獄、淨界與天堂的神祕旅程。在一幕幕煎熬受苦、漫長等待與歡欣喜悅的靈魂處境中驚心動魄進行著。

《神曲》作者但丁的故居。

但丁帶領著我們在《神曲》之中，遊歷地獄、天堂的神領堂奧。其中情節、場景的鋪陳設計，不僅展現但丁豐富的學識和價值觀，同時也是他顛沛流放的人生反映。

——二００七年十二月二十四日

發源於瑞士南境的萊茵河源頭。

歐遊看鳥飛

「海鷗飛翔，遨遊在海上的天堂，帶我去嚮往的地方！……」每當我在碟片上聽到這首歌頌海鷗的歌聲，和對大海嚮往的詞句；這時螢幕上顯出一片汪洋大海，成群的海鷗在海洋上空飛舞，忽遠忽近，時高時低，頡頏自如，也使我欣忭不已。有時鏡頭拉得很近，特寫一隻海鷗，張翅擴胸，翻身打滾；看牠寬大的雙翼，壯碩的身軀，犀利的嘴爪，和輕盈的姿態，使人極為欣賞；且近在咫尺，似乎觸手可摸，實際上猶如鏡花水月，可望而不可即。畫面上的鷗鳥，靈巧活躍，健美善飛，畢竟掬手成空；

總想有個實景的機會，觀賞牠們的真面目。

前此隨團赴歐洲旅遊，給我一時驚異，歐洲的鳥類不畏人，人鳥和平相處，互不侵犯。在參觀凡爾賽宮時，正值一陣小雨，成群的海鷗棲息在宮前的車棚上，時而飛來飛去，盤旋在宮旁的一角，好像在作低空表演，迎接參觀的人群。其次是在德國萊茵河邊，在躉船附近的舢舨上，和躉船的船舷上，就站立著有很多隻海鷗，目送旅客上下船，與行人非常接近，機會難得，不由得教人多看牠們幾眼。

而真正看到海鷗高空飛翔的真實情景，乃是在荷蘭的北海漁村，和德國萊茵河的上空。前者面對一片無垠的大海，鷗鳥們盡情在海面上遠近遨遊，自由而奔放。眺望盤旋在天空的群鷗，隨風而舞，俯仰自如，好像無數隻白色風箏，糾結在一起，隨鬆隨緊，聚散有序；諺語所謂「輕巧如鷂子翻身」，還不及牠們輕盈地一閃。有時也會飛到岸邊窺視，和遊人打個照面，便斂翅低飛，一下子鑽進水裡，就像魚鷹捕魚一樣，快速而神準，很快地含著一條魚起來。我想這就是牠們掠取食物的方式吧！

萊茵河發源於瑞士南境阿爾卑斯山，曲折向西北流，經德國、荷蘭而入北海，全長一千三百二十公里。我們當天遊船，乃自北向南，逆水而行，在波塔上船，至軋德街上岸，只遊覽其中一段精華水域，為時一個小時，兩岸懸崖絕壁，山谷陡峭，有壯觀的葡萄園，高聳入雲的岩峰，陸續出現的古堡，和圍在教堂四周的村莊。聆聽悅耳的蘿蕾萊之歌，和蘿萊女神的淒美傳說。在一小時的遊船行程裡，在藍天白雲的幽靜中，在滔滔水流的微波上，可以盡情欣賞萊茵河上綺麗動人的原野風光。

但最吸引我的，乃是上空的鷗鳥飛翔。我們的遊船在水上航行，而鷗鳥在上空隨船直飛，投影在水底同行，正是如影隨形，毫無差異。這些海鷗大概在海上生活過膩了，想進入內地江河，暫棲覓食，換換環境。有人說，只有飛鳥最自由，牠是恣意的旅行者，江河海洋都是牠的天堂，自由而安逸。人為萬物之靈，有靈敏的頭腦，萬能的雙手，和健行的兩腳；卻少了那對翅膀。

上空的飛鳥，大都是單飛；所以鳥形與投影，看得很清楚。有時見岸邊有牠的同類，便飛下來和牠們一同棲息。上空飛鳥不見，水底投影亦失蹤。不久，似有同樣的一隻海鷗，同樣地在上空飛翔，過一陣子，又飛下與另一群同類湊在一起。如是者再，不知是否同一隻鳥，或有後鳥趕上的。於是我捨棄兩岸的風景不欣賞，專注於水底飛鳥的投影。時而仰望上空，時而俯視水底，心中忽生疑問——這上空的飛鳥與水底的投影，形象一致，速度相同，到底兩者的形影是否同時移動；也就是說，水底的投影是否隨著上空的飛鳥同時配合挪移？看來是一件小問題，實際上屬於物理學和哲學的範疇，應該找到答案才是。

既而想到，以前讀過胡適博士的《嘗試集》，其中有首題飛鳥與投影的詩句。詩謂：

「飛鳥過江來，投影在江水。鳥逝水長流，此影何嘗徙？」他並引用《莊子・天下篇》云：「飛鳥之影未嘗移也。」自注：「此言影已改為，而後影已非前影。前影雖不可見，而實未嘗移動也。」正如我們在月下散步，影子隨行，忽有強光射入，影即不見，而人還在行走；所謂「光至影亡」，乃同一道理。

想到這裡，問題已經獲釋；而「輕舟已過萬重山」，行程也已經結束了。

——原載二〇〇八年五月三十一日《青年日報》

比薩斜塔，遠望傾斜度較大。

比薩斜塔妙在「斜」

為了扶正這十幾公分，十年來一群專家們費盡心血一釐米、一釐米地調整修復。

年輕時上中學物理課，知道有個「比薩斜塔」；因為物理學家伽利略曾在該塔上作過物體降落的試驗，得到科學的實證。當時老師講解生動，使人印象深刻。

多年來在媒體上，常有對比薩斜塔的報導，謂該塔逐年都有傾斜，但歷久不圮。這種斜而不倒的魅力，每年都吸引著成千上萬的遊客，前往比薩城參觀。而此種建築上的奇蹟，經聯合國教科文組織將之列為世界文化遺產，且為世界七大奇景之一。

此次重遊歐洲，有機會親到比薩城參觀，看到斜塔傾斜之妙，百聞不如一見，了卻一番心願。

比薩（Pisa），義大利都邑名，在亞諾河下流，西瀕地中海，東南距佛羅倫斯不遠，在羅馬之北，古為地中海三大港口之一。地多古蹟，但以比薩斜塔聞名。比薩斜塔妙在一個「斜」字，且斜而不墜，才引起世界廣大遊客的好奇。我們去參觀那天，只見前面許多遊客照相時，都用雙手向左做支撐狀，大家都想以眾志成城、精誠感應的力量，將斜塔予以扶正，不再讓它繼續傾斜下去。

不僅如此，從歷年媒體報導中，一些名建築家都想盡許多辦法，使該塔不再傾斜，慢慢將其扶正。辦法是想了許多，但大家還是不敢動手，其原因須從建塔開始說明。

比薩斜塔自西元一一七四年開始動工興建，數月後第一層便已建成。工程在建築師伯南諾、比撒諾的指導下繼續進行，到一一八五年，塔建至第三層時，便已呈現出獨特的面貌。人們初次發現：由於該城的地層土質鬆散，基礎不夠穩固，因而造成了塔身一邊塌陷的現象。

當時並不以為意，因為其他一些在此塔先後興建的建築物，也都出現相似的情形。

由此可知，比薩斜塔從未有過直立不斜的時候。因為在建築期間，人們便已覺察到它的傾斜。

此後，比薩斜塔時建時停，先是由於建築師伯南諾的離職他往；十三世紀前半葉，又因為戰爭的影響，耽誤了工程的進行。直到一二七五年，才由大建築師喬凡尼指導重新開工。到一二八四年，又因為比薩人抵抗熱那亞人的戰爭，建築工程又被中斷。到一三一九年，斜塔已聳至頂端的鐘房，這最後一層是在至一三五〇年數年中，由建築師托馬索指導加蓋而成的。建塔工程歷時一百七十六年，完成迄今（二〇〇七）六百五十七年，初建迄今八百二十三年。

斜塔高五十六・七〇五公尺，樓高八層，是最典型的義大利鐘樓。全塔以雪白的大理石為主建材，華麗而雄偉，象徵著比薩在鼎盛時期的繁榮與富裕。從建築以來，其傾斜度距中點竟達四・三一公尺，且繼續以每年十分之一公分的長度傾斜著，長此以往，令人憂心。

一九九〇年開始，因傾斜情況日益嚴重，當地政府曾將其關閉。到一九九三年，塔的第七層和地面傾斜度已達四・四七公尺，如再不採取行動，該塔勢必倒塌。後來專家們終於想出一個簡單而有效的辦法，他們沿著傾斜的相反方向，小心翼翼地挖深北邊地基，地層鬆軟向來是它最大的弱點，斜塔底下是深達四十公尺的黏土層，所以才會不斷下陷。現在經矯正後，又回到大約十八世紀的傾斜度，估計再維持三百年應該沒問題。

我們從近處正面看，看不出該塔有重大傾斜；但從遠處看，則傾斜度甚為明顯。此次已經扶正了十四・五公分，現在距中心點的傾斜度為四・三二五公尺。一般人絕對無法想像，為了這十幾公分，十年來一群專家們，如何費盡心血一釐米、一釐米地調整修復。十年後，即二〇〇〇年，斜塔重新限量開放，供遊客進塔攀登，沿著塔內二百九十三個階梯，拾級而上，登臨高塔的最上層遠眺比薩市區，頗有「前不見古人，後不見來者」的感喟。

我們希望斜塔底下深達四十公尺的黏土層，能逐漸凝固堅硬，使斜塔不再傾斜，即或三百年後，也能維持現在的原狀，永久斜而不墜，那才是真正的世界奇景。

比薩斜塔，除了歷久傾斜不塌聞名於世以外，科學家伽利略（一五六四—一六四二）曾在此作過物體降落的試驗，和發明鐘擺定律，尤為青年學子所心儀嚮往。伽利略，比薩鎮人，曾任比薩大學教授。有一次，他在斜塔前主教堂座堂內，由於觀察到懸掛在教堂中央的青銅吊燈的來回擺動，因而理解到鐘擺的等時性定律。幾年之後，他在斜塔頂上，做過使物體降落的試驗，結果他肯定地說：一切物體降落時的加速度完全相等，與物體的重量無關。同時他也是望遠鏡的發明人。

人們參觀比薩斜塔時，除了緬懷建塔和修塔的多位工程人員的功勞以外，對伽利略的試驗和發明，亦深為景仰與敬佩。

——原載二〇〇八年六月號《大同雜誌》

羅馬競技場外觀。

羅馬假期

俗話說：「羅馬不是一天造成的。」看過《羅馬假期》電影的人，都嚮往暢遊羅馬，一覩她的宏偉建築，和古老的文化遺跡。先遊過羅馬，未看過《羅馬假期》的人，回來就想再觀賞該部影片，以便對照該次旅程的雪泥爪印，回味美好的遊趣，筆者便是後者。

《羅馬假期》於一九五三年間在臺灣上演，曾轟動一時，女主角赫本式髮型和衣著，一時傳為風尚。此次羅馬之遊，領隊便先告知，本次旅程大部分係循著《羅馬假期》的場景遊賞。每到一處，他都詳加介紹：如羅馬競技場、西

西班牙廣場。

班牙廣場、「真理之口」；尤其是聖安吉龍河畔，是該片高潮時精彩的舞場打鬥和河畔落水的場地。甚至女主角美容的巷弄和逛過的市場，也都有蹤跡可循。

本片編劇者想像特出，場面浩大，主題良善，可觀度高。敘述愛情之真，藝術之美與人性之善；尤其是男女主角對情慾之自制，給現代社會教育甚大。一個深吻與兩次簡短懇談，即彼此信任不疑，深於情而止乎禮；不像現在男女主角演牀戲，還要用迴紋針式的磨蹭，才算有了愛情。

在五十多年前，外國的新聞攝影師，即可用打火機假裝抽菸而照相，此時的羅馬已有計程車與摩托車，交通非常便利。由於安排公主抽第一支菸，才有後面許多美妙的精彩鏡頭。

如公主與理髮師熱舞、女主角騎機車在街頭蛇行，和兩次咖啡座之輕鬆畫面。就新聞記者而言，都是可資運用的獨家報導，原來託詞重病兩日的安妮公主，就在他們手裡。看他們遊戲人間的百態，原來公主真正厭倦了宮庭生活的繁文縟節，而想體驗平民生活的自由自在，和無拘無束的可貴。

後來，由於公主想到自己對國家之責任，忍痛拋棄愛情返回大使館；並堅定果斷地表達自我的思想。而男主角在採訪新聞之餘，帶回昏睡街頭的安妮公主，兩人返回寓所的暗室相處，比昔日之柳下惠尤有過之。男主角喬・白特里由於理智的自持，不得不拋棄不可能得到的愛情，而送女主角安妮公主返回其住處。他們都知道彼此身分，但不明言；兩人均深於情而盡在不言中，能偷得浮生一日遊，即已滿足。而攝影師爾文亦被兩人真情所感動，也交回全部照片；不像現代人動輒以公開X照為要挾，吃虧的全是女性。

旅行團一行，也曾隨車兩次繞觀羅馬競技場，及古羅馬市集，都是走馬看花；但影片中男女主角卻深入競技場內部參觀，五十年前後的斷壁殘垣情景尚無改變。

所謂競技場，又叫鬥獸場，建於西元八〇年。這裡上演的是殺戮的大眾競技，而非任何優美的技藝表演，是人與人的互殺，或是人與猛獸的搏鬥。而被殺死或咬死的大都是被俘掠來的囚犯。他們在俘虜營裡只是學習死亡的比鬥，或在鬥獸場給人丟去餵獅子。當時的羅馬比武為最高尚、最受歡迎的一種娛樂，人類為殘暴喝采，為流血驕傲，實在殘忍已極。所幸後來人與人鬥被禁止，而競技場也毀於五世紀的一次地震。其設計之巧妙，建築之宏偉，令人嘆為觀止。現在只剩三層也有四層的殘壁，尚保留部分全貌，供人憑弔。

梵諦岡。

羅馬是噴泉之象徵，被稱為噴泉之鄉，無論是廣場、公園、河濱甚至大街，到處都可看到噴泉。您如果到千泉宮參觀，整座山裡面都是噴泉之源。設計精巧聞名於世的許願池，不可不前往一遊，許個未了之願。片中女主角並未去過；倒是男主角曾經找到那裡。

在考斯馬丁聖母院入口的牆壁上，有一塊獅頭石雕，獅子瞪著大眼，張開血噴大口，樣子非常嚇人。據說這具獅頭具有測謊作用。那些不說實話的人；如果把手伸進去，將會被獅子咬斷。

女主角只敢把手伸在獅口邊緣試探一下，就將手縮回去；只有男主角充英雄大膽將手伸進去，卻被獅口咬住不放，使得女主角大驚失色，合力才將手拉出來。然而，拉出來的手卻安然無恙。女主角在驚嚇之餘，破涕為笑，一頭撲進男主角懷裡，大撒其嬌說：「我不跟你玩了。」

這是一個美麗的謊言；但一般遊客至此，也樂意探手一試，以測驗自己的真誠。我也不能免俗，大膽將手伸入，證明自己也通過「真理之口」的測試。

聖安吉龍河水仍然靜靜地流著，堤上遊人如織，當年河畔打鬥和河港落水的鏡頭，尚依稀在目；而男女主角落水上岸後，全身溼淋淋深情一吻，尤令人激賞；只是不見昔時船上舞場，想係該片的臨時場景吧！

——二〇〇八年八月二十四日

世華文學

萬里遊蹤

柴扉先生遊記散文集

作者◆柴扉
發行人◆王春申
編輯指導◆林明昌
營業部兼任編輯部經理◆高珊
責任編輯◆徐平
校對◆吳權暄
封面設計◆吳郁婷

出版發行：臺灣商務印書館股份有限公司
23150新北市新店區復興路四十三號八樓
電話：(02)8667-3712　傳真：(02)8667-3709
讀者服務專線：0800056196
郵撥：0000165-1
E-mail：ecptw@cptw.com.tw
網路書店網址：www.cptw.com.tw
網路書店臉書：facebook.com.tw/ecptwdoing
臉書：facebook.com.tw/ecptw
部落格：blog.yam.com/ecptw

局版北市業字第993號
初版一刷：2016 年 3 月
定價：新台幣 320 元

ISBN 978-957-05-3033-9

萬里遊蹤：柴扉先生遊記散文集 ／ 柴扉 著. -- 初版. --
新北市：臺灣商務, 2016.03
面 ； 公分. --（世華文學）

ISBN 978-957-05-3033-9（平裝）

855

104028692

廣　告　回　信
板橋郵局登記證
板橋廣字第1011號
免　貼　郵　票

23150
新北市新店區復興路43號8樓
臺灣商務印書館股份有限公司　收

請對摺寄回，謝謝！

傳統現代　並翼而翔

Flying with the wings of tradtion and modernity.

讀者回函卡

感謝您對本館的支持，為加強對您的服務，請填妥此卡，免付郵資寄回，可隨時收到本館最新出版訊息，及享受各種優惠。

■ 姓名：＿＿＿＿＿＿＿＿＿＿＿＿＿＿　性別：□ 男　□ 女

■ 出生日期：＿＿＿＿年＿＿＿＿月＿＿＿＿日

■ 職業：□學生　□公務(含軍警)　□家管　□服務　□金融　□製造
　□資訊　□大眾傳播　□自由業　□農漁牧　□退休　□其他

■ 學歷：□高中以下（含高中）□大專　□研究所（含以上）

■ 地址：＿＿＿＿＿＿＿＿＿＿＿＿＿＿＿＿＿＿＿＿＿＿＿＿＿＿＿＿

＿＿＿＿＿＿＿＿＿＿＿＿＿＿＿＿＿＿＿＿＿＿＿＿＿＿＿＿

■ 電話：(H) ＿＿＿＿＿＿＿＿＿＿＿＿＿＿ (O) ＿＿＿＿＿＿＿＿＿＿

■ E-mail：＿＿＿＿＿＿＿＿＿＿＿＿＿＿＿＿＿＿＿＿＿＿＿＿＿＿

■ 購買書名：＿＿＿＿＿＿＿＿＿＿＿＿＿＿＿＿＿＿＿＿＿＿＿＿＿

■ 您從何處得知本書？

□網路　□DM廣告　□報紙廣告　□報紙專欄　□傳單
□書店　□親友介紹　□電視廣播　□雜誌廣告　□其他

■ 您喜歡閱讀哪一類別的書籍？

□哲學・宗教　□藝術・心靈　□人文・科普　□商業・投資
□社會・文化　□親子・學習　□生活・休閒　□醫學・養生
□文學・小說　□歷史・傳記

■ 您對本書的意見？（A/滿意　B/尚可　C/須改進）

內容＿＿＿＿＿＿編輯＿＿＿＿＿校對＿＿＿＿＿翻譯＿＿＿＿＿
封面設計＿＿＿＿＿價格＿＿＿＿＿其他＿＿＿＿＿＿＿＿＿＿＿

■ 您的建議：＿＿＿＿＿＿＿＿＿＿＿＿＿＿＿＿＿＿＿＿＿＿＿＿＿

※ 歡迎您隨時至本館網路書店發表書評及留下任何意見

臺灣商務印書館　The Commercial Press, Ltd.

23150新北市新店區復興路43號8樓　電話：(02)8667-3712
讀者服務專線：0800-056196　傳真：(02)8667-3709
郵撥：0000165-1號　E-mail：ecptw@cptw.com.tw
網路書店網址：www.cptw.com.tw　網路書店臉書：facebook.com.tw/ecptwdoing
臉書：facebook.com.tw/ecptw　部落格：blog.yam.com/ecptw